人生の同行者

——家内の思い出

（短編小説・俳句集）

北上　実

家内の思い出

家内と私、姪のファミリー

私と妻の最初の出会いは、昔、小林デパートと称しておりましたが、それが三越になり、そのデパートも今はなくなりましたが、その七階にて、書籍・雑誌や文具などを出店、販売しておりました時に、友人より、紹介されて、そこで出会いました。何故か、その時は縁がなく、断わってしまったのでした。

しかし、二度目に会いました時には、そうだ、この女性が、私の生涯の人生の同行者であると、深く、深く心の中に残り続けたのでした。そして、三歳上の家内と、人生の長い旅を共にする事になったのでした。

それから何度もデートを重ねて、約半年後に、この日本海と信濃川に囲まれた新潟市にて、兄、姉、妹、親戚や友人の方、また家内の親戚や友人達に囲まれて、神式の結婚式を無事に挙げる事が出来たのでした。その場には、多くの知人がおり、皆んな手を叩いたり、また当時、若者に絶対な人気のありました歌謡曲や、佐渡おけさなどを唄い、賑やかに私達の門出を祝ってくださったのでした。

それから、私達の永い永い人生の旅が始まったのでした。家内は、日本画、そう田中百合子さん主宰で、この街の堀があります畔にて学び、めきめきと上達をしていました。

また、お茶やお花の教室へも通っていたのでした。日本画の腕前は、それは、それは見事なもので、特にユリの花やバラの花などを見事に描き上げていたのでした。そんな所が、私と趣味が一致して結婚をしたのかもしれません。

私は、老舗の本屋の次男坊として生まれて、何不自由なく生活をしていたのでした。私達は結ばれるべく人生が決まっていたのだと思います。彼女は、この街の信濃川から遥かに遠く、阿賀野川の近く、漁業の盛んな地域の地主の家の娘だったのです。

そうこうする内に、季節は巡ってはや二十年、三十年と経て、私は多少、小説めいた物も書き、小さな文学賞や、エッセイ賞などを受賞をしていたのでした。家内はまた、俳句なども趣味に持ち、二、三度は「ＮＨＫの俳句」の入選を果たしていたのでした。そんな所も、私と趣味が一致をして、人生の同行者となったのでした。

私たちは友人にも恵まれ、また同じ趣味の方々と、仲良くなりながら、人生の同行者として楽しい、永い旅を続けていたのでした。

そんな、平和で穏やかなる生活のこの家に、そう、私はこの久島の家に婿として入ったのでした。聞くところによると、昔は地主として、多くの百姓の方々の生活が豊かになるように、お米はもちろん味噌や、お酒もあつかい、漁業の仕事や、田畑の開墾のお世話もしていたそうでした。

しかしながら、戦後の農地解放の為に土地は相当に手放しましたが、それでも数百坪の土地に、黒光りのする梁がある家に、赤松の丸太の天井が美しく、部屋の天窓の中より輝き渡っていたのでした。また庭には、蔵や作業小屋までありました。

そして庭いっぱいには緑濃き苔や、鯉の泳いでいる池もあったのでした。広い庭には、春は水仙、バラ、桜、アーモンドのうっそうとした木々が生き生きと生い茂っておりました。

夏になりますと、ミカンや西瓜や、他の果実類が、また秋には、葡萄や柿の実、ビワの実などが、たわわに実っていたのでした。

そして、何と狸の親子連れが、たまに庭の中を自由に走り回っている時もあったのでした。また冬には、山茶花、雪椿などの木々に、見事な花々を咲かせていたのでした。

昔の家は、茅葺屋根だったそうです。そう、代々農家を営んでいた地主の重厚な家だったのでした。その家の全体はまるで、トトロの家のように、茅葺屋根だったのでした。そんな家は、他にも、近所に二、三軒はあったのでした。

家内はなかなかプライドが高く、妙高の国際観光ホテルに行った時には、ボーイやウェイトレスの方に、舌平目のフルコースと、日本酒やワインを、そう、白ワインなどを注文する時には、まるで、ヨーロッパのホテルに行った時のように、少しばかり、小首を傾けて、

「そうね、私、一九五〇年代の白ワインを頂こうかしら」と、注文する姿もなかなか決まっておりました。

そう、二人はとても旅行が好きで、北海道や島根の松江、奈良、京都などに旅行した日々もあったのでした。一緒に沖縄や箱根にも行きました。また、クイーンエリザベス二世号に乗船する旅にも参加しました。旅行が好きな点も、私と趣味が一致していたのでした。

又、遥かに佐渡ヶ島を望む、エメラルド色に輝き渡る日本海を、仲良く二人でうっとりと見ている日もあったのでした。家内は海水浴や屋内プール、また旅館やホテルのプールにて、紅色の上下の水着を着て、ゆっくりとクロールで泳いでいた時もあったのでした。幸せな日々が、それからも続いていったのでした。

お花の教室や、趣味の日本画教室へ通ったり、また、お茶の免状も持っていたので

した。何でも、お茶は師範との事です。そんな、多趣味なところに、私は一層、魅力を感じていたのだと、今にして強く思います。

私がショートステイや、デイサービスなどに通っておりました時にも、そう、彼女も病におかされおりましたが、気丈に、広々とした庭に出て、一生懸命に草取りをしていたのでした。その姿は、私にとりまして、とても崇高としか、言い様がありませんでした。また庭の広々とした中に、少しずつ伸びてきました、タケノコや、バラの花、また、桃の花や、桑の実などをゆっくりと、眺めては、刈り取っていたのでした。

そして、数多くの友人にも恵まれて、その庭に、友人の方々を招き入れまして、お茶会などを時々開いていたのでした。私も、その中に入れてもらい、その年の新茶を飲み干していたのでした。そして、昼食の準備もしており、その多くの友人達を招き入れて、楽しい、楽しい昼食が始まるのでした。

私は昼食を終えると、二階の自分の部屋に戻って、趣味の小説や、たいした事のない、俳句などを書き綴っていたのでした。

彼女は病の中にいましても、とても元気一杯で、私に対して、とても優しく、まるで母のごとくに接してくれたのでした。

その姿は、まるで私にとりましては、聖母のように思えて、仕方がありませんでした。とても、信仰心が厚く、一つの或る宗教の中に生きていたのでした。そんな所に、私はとても夢幻の世界のごとくに、魅力を感じたのかも知れません。

また私が、或るツアーにて一泊どまりで、富士山へ行きました時も、ひたすら、私の帰りを待ちわびまして、何と一人で、オムレツや、鰯、平目など、また温かい、味噌汁、そしてデザートに、ババロアやモンブランなどのとても旨い食品を、ゆっくりと食べ、私の分も用意して、私の帰りを待っていたのでした。まったくもって、家内は、食欲も盛んな、良き人生の同行者だったのでした。

短編小説

わたしの青春時代の思い出

私は、日本海側の佐渡ヶ島が、遥か沖合にぽっかりと雄大に浮かぶ、小都市に生まれました。

そして、どうしても、一度は上京してみたくなり、ボストンバッグを一つ持って中央駅より、東京行きの列車に乗り込みました。

上野駅に着くと私鉄に乗り替えて、下北沢という、若者に当時ファッションで人気のあるお洒落な街の一新聞販売店に、アルバイトをして生計を立てていました。

夕方より、再び私鉄に揺られて、と或る私立大学の第二部に通っておりました。

しかしながら、どうも、そのアルバイトも給料が安く、中々生活がうまくいかなく、つい、スポーツ新聞を買ってきて、求人欄を一心に見つめる日々となったのです。

すると、「人形劇団、エコールドプルペ団員募集、公演料は平等に分配します。来たれ、地方公演あり、演技は懇切丁寧に指導します、和気あいあいの家庭的劇団」問い合わせは代々木三丁目エコールドプッペ。（事務所：TELは〇〇〇番号です）

僕はそれを見て、何だか、この人形劇団だったら続けていけそうだと直感的に思いました。特に稼ぎのお金は平等に、皆んなに分配しますというところに引かれました。

ええい、悩んでいるより何でも見て体験してやろうと思いました。地方公演に付いて行き見聞を深めるのも悪くないと思ったのでした。翌日、早速、面接に出掛けたのです。

ちなみに、エコールドとは学校、プッペとは人形だという。

そして、ぎしぎしときしむ階段を三階まで上りました。いやに古っぽいアパートでした。

呼び鈴を押しますと同時にドアが開き、だんご鼻の中年の男性が顔を出しました。

「やあ、石田さんですか、ご苦労様です、さあ、お入りください」といんぎんぶれいに言いますので遠慮をせずに入りました。

そう、だんご鼻の男が劇団の団長、村田ですと名乗りました。中に入ると三人の人がいたのです。

男二人に女性一人だったのです。

「こちらは、劇団員の川上君、そして営業担当の村上君だ。それに女性リーダーの石橋さんだよ。」三人とも、とても個性的な服装をしていたのです。要するに当時の流行しておりました、服装をうまく着こなしていたのです。僕が「よろしく」と言うと、「この劇団は、民主的経営だから安心して入団して下さい」と、未だ返事もしていないのに、勝手に言ったのでした。

「それから、体の動きを見るから、これから発声のテストと、簡単なパントマイムをやりますので」と、だんご鼻の団長、村田さんが言いました。

仕方なく、指示のとおり勝手に手や腰を動かしてやったのでした。

まあ、何とかやる事が出来たのです。

それを見て、「まあ、いいだろう、初めにしては旨い方だよ」などと、何となくでたらめな感じで、村田さんという団長が言ったのでした。

まあ、何とか合格したわけです。

そして、また、下北沢の自分の部屋に戻ったのです。それから幾日かして、電話が入り、「石田さんですか、近々九州の鹿児島での公演が始まるので、ぜひ一緒にいきましょう」とだんご鼻の団長が言ってきたのでした。明日出発するというので、ハブラシとか下着を用意して、ボストンバックに詰め込んで、出掛けたのでした。

「今回の公演は、六・七月だよ」

と、村田さんより聞いていたのです。

そして、代々木の人形劇団の事務所へと出掛けたのでした。

それから、二台の車に分乗して一路、遥かな鹿児島へと出発したのでした。

三人の人物の他に、二人の個性的な人がおりました。

そして、私達は、軽やかに出発をしました。そう、車は走りぱなしで、寝る時も車の中で過し、食事はドライブインでした。

五日後には、ようやく鹿児島に着いたのでした。国道をひたはしりに走って、新しい人生の旅が始まったのでした。

眼前には桜島がでんとせまり、東京とは違って、雄大な風景が開けていたのでした。

街の所々には、フエニックスが見事に生い茂っていたのです。

隼町という、錦江湾が果てに見える、田舎町に着きました。一軒の古い木造の建物の中で、共同生活を送る事になったのでした。長いようで、短い鹿児島での生活が始まりました。

佐多岬より始まって、鹿児島県下をくまなく巡回公演をしたのでした。公演がない日だと、近所の子供達が遊びに来ました。そして、私はその子供達の中に、目元も爽やかな、一人の中学三年生の可憐な女の子に出会ったのです。その子は、はにかんでおりました。私は、休日に、この街の山手にある、うっそうとした木々に包まれた、小川の畔で一人、釣り糸を垂れて、小魚の群れに向かっておりました。

しばらくすると、俄か雨が降ってきました。

誰かが背後より、オレンジ色の傘を立てかけてくれました。振り向くと例の女の子だったのです。

僕は、小さな声で、「ありがとう」と言うと、ただ微笑をしています。「お名前、何というの」と聞くと又、はにかみながら、呟くように、「松本由美」と名乗りました。

僕は石田だと言い、また、雨の降りしきる小川の川面を見つめました。このまま、時が止まってくれればよいと思いました。何て事だ。彼女が優しい成熟した一人の女性と感じてしまったのです。二人とも、何も喋らず、ただ川面を見ていました。僕は久し振りに恋をしてしまったようでした。二ヶ月余りの公演も無事に終わり、東京へ帰る事にしました。

私達は、二台の車に分乗して一路車を走らせました。そう、そう、例の松本由美さんも、大勢の子供達と一緒に、はにかみながら、そっと立っていたのです。以前、鹿児島市内のデパートで買った安物のエメラルド色のガラスの指輪を、別れのプレゼントに渡していたのです。

無事に、東京に着きました。そうそう、由美さんは、「私、将来、上京して丸の内のオフィスに勤める事が夢なのです」と、言っていた事を思い出していました。月日は瞬く間に過ぎ去って四十年後、私は、或る都内の商事会社に勤務しておりました。

或る秋の日、丸の内のビル街を歩いておりますと、何と、ビルの中より、由美さんがエメラルド色の指輪をして、颯爽と歩いて出て来たのでした。交差点で、すれ違いましたが、勿論、私に気づく事はありませんでした。彼女は立派に夢を果たしたのでした。

カサブランカの家

私は、日本海側の、小都市にて生まれました。

家は二階建ての、一見バンガロー風というか、民芸調の、古い、古い感じの建物でした。

周りは、昼なお暗き、うっそうとした、楓や、山茶花などが生い茂っておりました。

家族は、一年前に妻を亡くした、ポロシャツが似合う格好の良い父と、後妻の涼子さんでした。父は永く貿易商を、天性の仕事のようにやっておりました。

私は、短大の二年生で、久し振りに東京より懐かしい故郷に戻って来ておりました。

季節は八月に入ったばかりです。

学校では陸上競技部に属しておりましたが、丁度、夏休み中だったのです。

ふと、家の近くの土手まで来ますと、継母の涼子さんが、鮮やかな白いワンピースに、ふくよかな肢体を包んで、くるくると日傘を、回しておりました。

私は、唯ただ、その可憐な姿に見とれているばかりだったのでした。

そして、なんと家に帰ると、親子連れの狸が、昼なのに広々とした庭を駆け抜けているのが、見えたのでした。

きっと、近所の空き家や、神社を住処として生き延びているに違いありません。

要するに、そんな豊かな自然が十分に残っている、土地柄だったのでした。

父は、時折、市内の貿易商仲間の交流の為に外出していたのでした。

そんな時、私は涼子さんと二人で、ゆっくりと、トランプ遊びなどして過ごすのです。

私は、何となく、妻を亡くしたばかりなのに、こんなに美しい後妻をもらうなんて、何だかおかしいと思いました。

そして、家々の庭先には、白い香り豊かなカサブランカの花々が咲き誇っていたのでした。

私の心の中は、軽い嫉妬心に充たされていたのでした。柄にもなく。

そう、余りにも涼子さんが美し過ぎて、いつか、恋心を抱いていたのかもしれません。

そして、父が貿易商仲間の寄り合いに出掛けた日の事でした。

私達は、家の中にあります、フランス製の青いテーブルを囲んで、熱い紅茶を飲んでおりました。

窓からは、木洩れ日がちらちらともれてくる日の事だったのです。

私には、父が外出してしまった事が、何故か嬉しくてたまらなかったのでした。

黄昏時のオレンジ色の色彩が私達を彩っていたのでした。

心の中に、幸せな気持ちがほのぼのと染みてくるばかりだったのです。

相変らず庭には、時おり親子連れの狸が駆け巡っておるのが見えました。

そう、近所の住民の方々が、時々餌を与えていたから、元気いっぱいに走りまわっていたのでしょう。

涼子さんは、その白い指にて、ゆっくりと紅茶を飲んでいたのでした。

その仕草は本当に美しく思われて、心を魅せられるばかりだったのです。

そんな日々が続きました。

向日葵の花々が誇り高く、天空に向かって、真っ直ぐに咲いていたのです。

そんな或る日、やはり又、父が外出をした時、私達は、冷たいレモネードを手に、眼を見つめ合って飲んでおりました。

涼子さんの眼はまるで、ルビーの指輪のようにキラキラと輝いていたのでした。

その後、彼女は、家の奥にあります、バスルームでゆっくりと、入浴して、浴衣、そう、白いバスローブを、甘くふくよかな肢体に身をまとって上ってまいりました。

まるで、南国の果実のごとき、胸の谷間をのぞかせて…。

私は、覗き見るのも、心の中がざわついて仕方がありませんでした。

恥しさに、そっと眼を逸《そ》らすのでした。

禁断の、愛の想いでいっぱいだったのです。

そして彼女は思いかけず、

「ねえ、誠さん、ただ、ただ、体を合せるだけよ」とハスキーな声で呟くのでした。

いつの間にか、涼子さんの白き優雅な指先と手でもって、私の身に付けている物は剥ぎ取られておりました。

そして、全身をそっと押し付けてまいりました。もう、どうする事も出来ずに、たただ、その悦楽の中に、すっぽりと包まれている他はなかったのでした。

涼子さんは、カサブランカの甘い香りを全身より発散していたのでした。

実際には、彼女のされるがままの状態になっていました。身動きすることもできませんでした。

涼子さんは、平然とした、表情をしていたのです。その大胆さに、身を任せる他はありませんでした。

彼女の柔らかくも、しなやかな、アフリカに生息するという雌豹のごとく草原を一気に駆け巡る、一匹の野生の獣が息づいていたのでした。

ふと、気付きますと、涼子さんは、いつの間にか、霞のごとくに、消え去っていたのです。

長い、長い夏休みが終わりまして、再び私は、東京へと帰る頃となったのでした。

早朝、ボストンバッグ一つを持ちまして、我が家に別れを告げていたのです。

畑にいる涼子さんに、軽く挨拶をしたのですが、まったく彼女は、気付いていなかったのでした。そして、ゆっくりと振り返りますと、カサブランカの花々に、まるで埋もれるように、息づいていたのでした。
涼子さんは、野良着を身に付けて、ひたすら、農作業に没頭をしていました。
そして、列車の中で思いました。
実はあの夏の日の想い出は、狸の、単なる悪戯に過ぎなかったのだと。
私の想い出にはカサブランカの、甘い香りが漂っているばかりでした。

お爺さんと孫の話

これは、とある家の祖父と孫との対話です。季節は、はや十二月に入りまして、お爺さんは、炬燵《こたつ》に足を入れて、うとうととしておりました。

そこへ、市内の短大に通っております、孫の誠が帰ってきたのでした。

お爺さんは、煙草を、ゆっくりとくねらせております。

孫の成績は、余り良くなかったのでしたが、学校ではバスケット部に属して、まああの活躍をしていたのです。

「ああ、爺ちゃん、俺、元気一杯だよ、又、のらりくらりと煙草を吸っているんだね。あんまり吸うと体に良くないから好い加減にしたら」

「余計なお世話だよ、それより、炬燵の横にある、煙草盆を取って、こっちに寄こしてちょうだいよ」と、幾分、声を大きくして言ったのでした。

「何だ、お安い御用だよ。どうぞ、どうぞ」と、いとも簡単に寄こしてくれました。

「それよりお前、スポーツばかりやっていないで、勉強にも力を入れてやりなよ」

「ああ、判ったよ、努力はするけれど、やっぱり俺はバスケットの方が得意だから仕方がないんだよ」

そんな、のどかな会話が続きます。冬の情景でした。

幾日か過ぎまして、黄昏時、孫が首をうなだれて帰って来たのでした。

「お前、どうしたんだね、嫌に元気がないじゃないか」

「うん、実は俺、学校の廊下で少しばかり滑ってしまい、右足を痛めてしまったんだよ。トイレに行くのも、一苦労なんだよ」

「何だ、だらしないなあ、ここは俺に任せておけよ」

「うん、そうするよ、今日は爺ちゃんの言う事を聞くからさ。申し分けないけれど、肩を貸して下さい」と、今日は馬鹿におとなしかったのでした。

「そうか、じゃあ、俺がトイレに連れて行ってやるよ」

お爺さんは、元気に言いました。

つまり、立場が違って、今はお爺さんの方が元気だったわけです。

そして肩を貸してくれ、ゆっくりとトイレに連れて行ってくれました。

お爺さんは、本当は孫が可愛いくて仕方がなかったのです。

「有り難う、本当に。今度、元気になったら市内の喫茶店にでも連れて行ってやるよ」と、すっかりしょげて、呟《つぶや》くばかりでした。

そんな日々が続きまして、やがて早春ともなり、隣近所の庭には、早咲きのチューリップや、しだれ桜が咲き誇る季節となったのでした。

その頃には、すっかり孫の右足も回復しており、お爺さんに優しく接するようになったのでした。

お爺さんは、誠が元気になったのを、とても嬉しく思ったのです。

生意気な所もすっかりなくなり、素直な青年になっておりました。

それからも、お爺さんと、孫の誠は仲良く生活を送るのでした。

相変らず、春が過ぎ、夏が近くになっても二人の、仲良しコンビは、共に生活をして行きました。誠は、相変わらず、短大のバスケット部に所属しており、全国の短大バスケット大会に出場したのでした。

だが、ボールを入れる時に少しつまづいてしまい、今度は左足をくじいてしまいました。やはり、思い上がっていたのかも知れません。夕方近くに、足を引きずりながら、すっかり気落ちした様子で帰って来ました。

「おい、誠、又やったのかね。だらしがないなあ、どれどれ肩を貸してやろう」

お爺さんは、優しくそう言うと、彼を家の中に導いてくれたのです。

やはり、トイレに行くのが、ままならなかったのでした。

孫はその後、上京をして、とある商事会社に無事に就職をしました。

お爺さんは、心の底より、嬉しく思うばかりだったのでした。

トカ、トカ、トントン物語

私は、日本海側の、遥か果てには、日本でも有数の大きな島、佐渡ヶ島が、見える、一地方都市にて、生まれました。

冬になりますと、天空より大きな牡丹雪が降り続けまして、一晩で三十センチ余りも、積ります。

家は、郊外の高台にあり、いたって静かな土地柄でした。

周囲の家々や、わが家の庭には、うっそうとした、楓や紅葉、山茶花、椿などの木々が昼なお暗く生い茂っておりました。

季節は、十二月も中旬となっておりますと、ガレージの屋根には、沢山の牡丹雪が、降り積っていたのでした。

私はアノラックと、軍手、帽子を被りまして、家の裏にあります倉庫より、赤いスノーダンプを手にし、首にはタオルを巻いて、雪除けに精を出しておりました。

だが、元々蒲柳の体質でしたので、額より汗を滲ませ頑張っても、中々はかどりませんでした。

すると、隣の家の次男の、松本敏夫さんが、「何だ、何だ、だらしがないなあ、俺に貸してみろよ」と、弾んだ声で言って、手早く、私の手よりスノーダンプを取り、一気にガレージの左右に、雪の壁を築き上げてくれました。

彼は、本来は郵便局員として勤めていたのですが、局内の第一組合と、第二組合との、主導権争いに巻き込まれて、意外に見かけより、人の眼を気にする、繊細な所があり、少しばかり神経をやられてしまい、とうとう退職をしてしまいました。

それからの彼は、いうなれば一種の風来坊のごとき人物になっていたのでした。

もしも、この町内に怪しい人物などが紛れ込みますと、白木のバットを持って、

「あんた、何者なのかね、何しに来たのか」

などと言いまして、問い詰めたりしたのでした。

一種の用心棒というか、見張り役をしていたのでした。

彼は、趣味として、競馬が好きだったのです。家の父より小遣いを貰いますと、マウンテンバイクを軽快に運転して、十五キロばかり離れた所にあります県の競馬場へ、勢い良くペタルを踏んで出発をするのでした。

黄昏時になりますと、多分、負けてしまったのでしょう、首をうなだれて、すごすごと帰ってくるのでした。

その姿は、何となく屈折した、虚ろな表情だったのです。

実は本当はプロ野球の選手になりたかったのでしたが、僅かに、投球距離が足りず、残念ながら失格をして、テストの東京の試験球場より、うなだれて帰ってくるのでした。

それからの彼は、家の二階にあった、スポーツ新聞を手にして、エンピツを舐め舐め、競馬欄に赤い文字を走らせるのです。

そう、コタツに長い足を入れながら。

そして、長い、長い冬を過ごすのでした。

やがて季節は、瞬く間に、早春を迎えたのです。

早咲きの水仙や、桃の花などが、香り豊かに、ぷーんと匂い立って来ました。

雪国にも、ようやく、春が訪れて、とても良い季節となったのでした。

しかし、依然、敏夫さんの心の内には、屈折した想いが宿っていたのです。

気が向きますと、私の家の裏にあります、倉の近くにある、樽を持ち出し、お手製の白いバチを持って、

「ええい、この悲哀よ、どこかへ飛んで行けー」と言いながら、勢い良く、トカ、トカ、トントン、トカ、トカ、トントンと、打ち鳴らし続けるのでした。

私には彼の切ない思いが充分に理解する事が出来ました。

隣近所の人達は、何とうるさい音なのかと、眉をひそめておりました。

その音には、敏夫さんの、切ない、青春時代の悲哀が充分に宿っていたのでした。

それからも、時々、気が向きますと、朝早くより、「トカ、トカ、トントン、トカ、トカ、トントン」と打ち続けるのです。

特に競馬で、大負けをした時なぞ、とても強く打ち続けました。

辺りには、しばらくすると、早咲きの、向日葵が、互いに競って咲き乱れておりました。

私は、ひたすら松本敏夫さんの事を、本当に頼りになる人物だと思ったのでした。

その後、彼は市内の文房具店に、無事に就職する事が出来ました。

唯、耳の底には、敏夫さんの打ち鳴らす、

「トカ、トカ、トントン、トカ、トカ、トントン」

という響きが、いつまでも残り続けているばかりだったのでした。

そして、たまには、私も一緒になって、樽を「トカ、トカ、トントン、トカ、トカ、トントン、トカ、トカ、トントンー」と派手に打つのでした。

私の心にも、青春の、屈折した想いがあったからでした。

だから彼の気持ちが充分に判るのです。

そう、私と敏夫さんは、同じ年代だったからでしょう。

青白い手

私は、日本海側の佐渡ヶ島が遥か果てに見えます、小都市で生まれたのです。若いころ、どうしても一度は上京してみたく思い、故郷を後にしました。東京は下北沢という、若者たちが、ファションを楽しむ、洒落た街に住んでいたのです。

大学は、と或る私立大学の第二部へ入学して、バイトとして新聞販売店に勤めておりました。

週一回の休日には、夕刻より、私鉄に乗り、新宿という、日本でも有数の、繁華街、そう、歌舞伎町にある、高層ビルの六階「スワン」という名の喫茶店にて、屈託した気持ちで熱い紅茶を飲んでおりました。眼下は、スクランブル交差点で、信号にあわせて蟻のごとき、無数の人々が行き交っておりました。

店内には、穏やかな、ソフト帽を被った中年の上品な薄緑色のコートを着た老夫婦、若いカップルなどが、黄昏時のティータイムを楽しんでおりました。

ウエイトレスは、何となく底意地の悪そうな白い制服の女性でした。

入店をした時、すぐにレモンの浮いた冷水の入ったコップを、オレンジ色に、ほのかに揺れているキャンドルライトのテーブルに、ぽんと置いて、

「何をお飲みになりますか」とつっけんどんに聞いてきたのでした。

その頃の私は、バイトと学業で、すっかり疲れきっており、心が萎えたような弛緩した心持ちになってぼんやりと下界を見下ろしていたのでした。

二度目にはミルクティーを飲みました。

喉にさわやかに染み渡って行き、ほっと一息をつく事が出来たのでした。

十五分程したころ、二テーブル先で、お茶を飲んでいる、私と同じ年くらいの、紺の作業着を着た、青白き頬と手をした若者が、すっくと立ち上がり、私のテーブルに来たのでした。

「あの、ご一緒させてもらっていいでしょうか、申し分けありません」と、丁寧な口

調で言ったのです。

一見して、とても生真面目な若者のように見えました。いや、かえってこういう人物が怪しい場合が多いのです。

もしかすると、過激派の革マル派か、もしくは、英会話のテキストをセットで購入しないかなど勧めるセールスマン、また、新興宗教の入会の誘いかも知れません。

そして、一方的に喋り始めたのでした。

まるで、日頃の屈折した気持ちをぶちまけるがごとくに。

内容はと言いますと、自分は日本海側の山形県の隣で生まれたこと。

一度は東京という、日本の首都へ行ってみたいと思った事。仕送りをストップされて、アルバイトをしなければ、私立大学の第二部「文学部」への進学が出来ないことや、親しい友人、そして、ガールフレンドも一人もいない、孤独で、寂しき日々を送っている、などという内容でした。

聞けば、聞く程、私と瓜二つのごとくに、感じられて仕方ありませんでした。

私は、彼が別に悪い青年ではないと知って一安心したのです。

相変らず、眼下には、おびただしい通行人が、スクランブル交差点に行き交っておりました。

季節は八月に入り、毎日が焼け付くような日々だったのでした。

しばらく喋りますと、

「大変、失礼をしてしまいました。もう大分遅いので帰ります。もうお会いする事もないでしょう」と礼儀正しく一礼をしますと、すっくと立ちあがり勘定を済ませて、足早に店内より出て行きました。

私は、その青年の心の内が、まるで私自身のようでした。

しばらく、弛緩したような心持ちになって、テーブルの椅子に座り続けておりました。

相変らずテーブルにはオレンジ色のキャンドルライトが、ちらちらと輝き渡っておりました。

天井からは、モーツアルトの曲らしい響きが軽やかに聞こえてきております。

そして、ぼんやりと下界を見下ろしますと、おびただしい数の通行人が、繁華街を行き交っておりました。

そして、ふと眼をこらしますと、例の青年が、青白い手をして、私に向かって手を振っておりますのが、判りました。
いや、多分、錯覚に過ぎないのだとも。
だが、私には、確かに、紺色の作業着を身に付けた、青年としか思えなかったのです。
ああ、私が歩いている、歩いていると、思うばかりだったのです。
二度と再び会う事もない、懐かしき、青春の想い出だったのです。

黄色いワンピース

私は久し振りに、日本海側の自分の生まれた土地に戻って来ました。

故郷は、新潟市の中心部よりずっと端にあります、エメラルド色に染まる間瀬という処にありました。

高校を卒業して上京し、都内の小さな商事会社に勤めていたのです。

少年時代、内気な私は本を読む事が好きで、よく高台にあります、船の守り神である、住吉神社の薄暗く、多くの絵馬の掛かっております、社殿内で、伊藤左千夫氏の、純愛の物語、『野菊の墓』などを読んだり、また山本有三の『路傍の石』などを読みふけっておりました。

そのうちに、頭の中に、懐かしい、村上百合子さんとの思い出が鮮明に蘇って来ました。

そう、黄色いワンピースをふくよかな肢体に身に付け、頭にサングラスを掛け、折からの爽やかな潮風に、身をさらして立っていたのです。くわえ煙草をしながらです。

彼女は、この町でも評判の美少女で、勉強はまるで出来ませんでしたが、不良がかった所に、私は何故かとても魅力を感じていたのでした。自分にはない不思議な思いを抱いていたのでした。

私を見つけると、「あら、松本良夫君じゃないの、元気そうね」とハスキーな声でささやいて来たのでした。

彼女は海岸にほど近い、雑貨店の次女でした。高校を卒業すると、ボストンバック一つで上京して行ったのです。

家族は、父と母と一人の弟がおりまして、止めるのも聞かずに、逃げるように出て行ったのでした。何でも町の人の噂では、東京の新宿の歌舞伎町で、人に言えないような仕事をしているとの事、一日中、蒸気にまみれて生活していると言う話でした。

時折、帰郷をして来ますと、両親には、とても買えない皮バンドやサファイア、ダイヤ、弟には、消防車の玩具などをプレゼントしておりました。町の人達は、何という恥さらしの女などと言っておりましたが、私には、説明し難い魅惑的な、感情があったのでした。

中学時代の懐かしい思い出があったし、別に、悪い女性だとは思われませんでした。私は当時、他の同級生より、体力もなく、どちらかと言うと、無口で孤独な少年だったのでした。唯、本を読む事が大好きな、ごく平凡な人間だったのです。親しい女友達もいなく、毎日を屈託した気持ちで過していたのでした。

或る夏の日、私は一面の麦畑の中を、一人ぽつねんと帰宅しようと、歩いておりました。すると、麦畑の中より、二、三人の同級生が現れました。そう、力ばかり強い、悪童連中だったのです。

豆腐店の建治や、金物店の吉川などでした。彼らは口々に、

「おい、良夫。この弱虫野郎、少しばかり読み書きが出来るだけの阿呆、今日は一つ、お前を、ぶちのめしてやろう」などと言いました。

要するに学校でも札付きの不良どもで、まるで似合わない、派手なアロハシャツなどを着ていたのです。

建治が、棒を持ち、私に殴り掛かって来て、したたか、肩を叩き、又、吉川は、お腹をけったりしたのでした。

ただ、じっとうずくまって耐えている他はありませんでした。

黄昏がせまり、辺りはオレンジ色に彩られておりました。

すると、何処からか村上百合子さんが、黄色いワンピースを翻しながら現われて来たのでした。

「この馬鹿ども、良夫ちゃんに何をするのよ、絶対許さないから」と力強い言葉で言い、三人を追い払ってくれたのでした。

しかし、彼女も、手を負傷しましたが、人一倍大柄で体力があったので、すぐにすっくと立ったのでした。

悪童連中は、「この不良女め、今日はこれ位にしておくぜ、次には、ただにしておかないからな」などと、悪態をついて、麦畑から消えて行きました。

私は、足から少しばかり出血したり、肩が腫れていました。

「まあ、可愛いそうね、すぐに手当をしてあげるわ」と優しく言い、黄色いスカートより、バンドエイドや消毒液、包帯を取り出して応急処置をしてくれました。

きっと彼女も、何度も、町の人達より乱暴をされておりましたので、慣れていたのかも知れませんでした。

私は、ごく自然に涙があふれて来て仕方がありませんでした。

「もう大丈夫よ、男の子でしょ、泣くんじゃありません」とハスキーな声で言い、すっぽりと抱いてくれたのでした。

そして、私と手をつないで、中学校の保健室へと連れて行ってくれたのでした。

幸い、未だ保健婦さんがいらして手当てを充分にしてくれたのでした。

百合子さんの優しい心根がただ、ただ、身に染みてくるばかりでした。

私と彼女は、オレンジ色の麦畑を、それから、しっかりと手をつないで、歌を唄いながら、ゆっくりと歩いていたのでした。

そう、当時、若者の間で、とても人気のありました「いつでも夢を」でした。

「星よりひそかにー雨よりやさしくー、あの娘はいつもー歌ってるー、声が聞えるー、淋しい胸にー、涙にー、濡れたー、この胸ーにー、言っているいるー、お待ちなさいなー、いつでも夢をー、いつでも夢をー、星よりひそかにー、雨よりやさしくー、あの娘はーいつもー、歌ってるー」と。

私達は、唯ただ、このヒットソングを唄いながら、互いの家路へと帰って行ったのでした。

さて、ここで、懐かしい故郷の事を記する事にします。

私は、そう、角田山や米山が遥かに望め、また、弥彦山の麓の緑豊かに見える地にて生を受けたのでした。

海岸に沿って、細長く町は続いていたのです。手早く言えば、佐渡弥彦米山国定公園に属していたのです。

弥彦山へはロープウェイにて、辺りの風景を展望しながら、登る事が出来るのでした。幾つものカーブを経て山頂に到着します。展望台があり、遥か雲の果てには、日本でも有数の大きな島、佐渡ヶ島が雄大に見えています。弥彦神社は越後国一の宮として、国内のみならず毎年、数多くの外人客が、その日本の原風景を楽しむ為に訪れております。私の生まれ故郷は、弥彦山の麓より、日本海側を下った、海岸沿いにあったのです。

夏になりますと、海水浴の人々が、赤、白、黄色などのパラソルを、まるで、向日葵が咲いたように広げて、思い思いに、海水浴を楽しんでおりました。遠くの海上には、ウィンドサーフィンを楽しむ若者達が、折からの爽やかな海風に全身をさらしながら楽しんでおりました。そう、間瀬は絶好の海水浴場だったのです。

浜辺には浜茶屋が、十数軒も立ち並んでいました。若い女性は、人目もはばからず、ふくよかな肢体に、白いビキニ姿でした。又、若い男性は、バミューダの紺の水着を身に付けて、若さを発散させていたのでした。

子供を連れた、家族連れも多く、幼い子供たちは、青や緑の水着を着て、浮輪を手にして打ち寄せる白波に、楽しそうに歓声を上げて、ぷかぷかと浮いているのでした。

私は泳ぎは得意ではなく、せいぜい犬掻き位しか出来ませんでした。

中学の時には、優しい女先生に手を取られて、波打ち際で、海水に足を、自分でも恥ずかしい程に、バタバタとさせているばかりでした。疲れて、熱い砂の上に身を投げ出し、天空を見上げますと、無限の限りなき、青空が広がっておりました。

私は、浜茶屋に戻り、そう、春風亭という名の店で、小遣いの財布より、小金を出して、冷たいレモネードを注文し、ごくりの飲み干すと、喉に心持好く、染み通っていったのでした。

そして、村上百合子さんとの忘れ難い、思い出になっていったのでした。

彼女は、やはり、人目を引く、派手な、水着姿で現われ、私を見つけますと、

「あら、良夫君じゃないの、元気そうね、体の傷も、もうすっかり直ったようね」と、ハスキーな、又しても魅惑的な声で、耳元にささやいてくれたのでした。

そう、私はいつものように、住吉神社の中で、小説本を読みふけっていた時の事でした。

それは海での出会いから五日後の夕暮時だったのでした。

百合子さんが、神社内に、水着姿で現われたので、一瞬何事かとびっくりしてしまいました。

読んでおりました、小説は永遠の青春小説、石坂洋次郎の『青い山脈』でした。

確か、何回か映画化されていたはずです。

神社内に、白いビキニ姿で現われましたので、何という大胆な女性なのかと、その可憐でもあり、肉感的な肢体を見つめてしまうのも恥ずかしく、ただ、そっと盗み見て、うつむいているばかりだったのでした。

「良夫君、本ばかり読んでいては駄目ですよ。さあ、一緒に海へ行きましょう」と、

きわめてハスキーな、私の心をわし掴みするようなハスキーな声で、耳元にささやいてきたのでした。私は言われるがまま、彼女に手を、そう、柔らかい、白い指でしっかり握られて、神社の境内の階段を、ゆっくり、ゆっくりと降りて行ったのでした。私はもう、その魅惑的な感覚に、さからうような事はまったく出来なかったのです。村上百合子さんは、優しく頬笑んで、海水浴場へと導いたのでした。そう、涼風亭という浜茶屋に連れて行ってくれたのでした。浜辺の高い鉄塔より、かん高いスピーカーが鳴り響いておりました。湘南サウンドの草分けだった、ワイルドウインズの「思い出の渚」や、グループサウンズの一番人気のありました、ザ・タイガースの「花の首飾り」などが流れております。

百合子さんは、やはり、どこまでも柔らかい白い指、手で私の手を握りまして、爽やかな、エメラルド色に充ちた白波が打ち寄せる海中へと連れていってくれたのでした。

周囲には十人程の、家族連れや、思い思いの水着を身に付けた、若者達がおりました。

紺や赤のビキニ姿の美しい女性や、バミューダパンツの若い男達、五歳位の女の子を海に慣れさせる為に、波打ち際で手足を動かさせている若きママなどがいたのでした。

海辺の高台には、各自乗ってまいりました、ランドクルーザーや、トヨタのカローラ、マツダの軽乗用車などが止めてあったのです。時刻はもう黄昏時がせまっておりり、オレンジ色の色彩で辺りは染められ始めておりました。私はやはり犬掻き位しか出来ずに、手足を何とか動かしているばかりでした。

百合子さんは、両手でクロールの泳ぎ方はこうやるのよと、うっとりするような声で、ささやいて教えてくれるのでした。

中々、体がいう事をきいてくれませんでした。そして、五分程しますと、彼女は水着を脱いでいました。そして、そっと他の海水浴客たちに判らぬように、柔かく私を抱きしめてくれたのです。不思議にも、海水の冷たさは感じられず、ほのかな、彼女の可憐な肢体の温かさだけが、私の全身を、包み込んでくれたのでした。百合子さんの優しさが感じられて仕方ありませんでした。

私達は、夕暮れが、せまっておりましたので、少しすると涼風亭へと戻りました。

もう、そこでは、彼女は黄色いワンピースに着替えており、私は白い開襟シャツと、紺の短めのズボンに変わっていたのでした。

「良夫さん、じゃあ、元気でね、又、会いましょう」と、どことなく、熱いような、いとしさで充ちた声で耳元にささやいてくれたのでした。別れ際、恥ずかしい心持ちで俯いている私の頬にそっとふくよかな唇で、触れてくれたのでした。

そして、潔く左右に別れ、自分の家へと戻って行ったのです。頬には、彼女の夢幻的な感触がいつまでも残り続けており、家に帰っても、説明し難い、快楽に近い、喜びにひたひたと浸っているばかりだったのです。

そして、一週間も過ぎた頃、再び百合子さんと再会をしたのです。

中学生が、当時、喫茶店に出入りする事など禁止されていたのですが…。

そう、又、住吉神社にて、一人ぽつねんと、読書にふけっていた時の事でした。

「まあ、良夫ちゃん、本ばかり読んでいたら駄目よ、もし良かったら、この町に一軒だけある『煉亙亭』という、喫茶店で、お茶をおごるからいらっしゃい」と又しても、ハスキーな声で耳元にささやいてくれたのでした。私は言われるがまま、彼女の柔らかい手にしっかりと握りしめられて出掛ける事となったのでした。

その店は、全体がマホガニーで出来ていて、天井の何処からか、多分モーツアルトらしい、心に染み渡る音楽が流れていたのでした。今日の村上百合子さんは、豊満な南の国の果実のごとき、両の胸がはっきりと見えます、薄黄色のブラウスと、形の良い脚が鮮やかに見えます、黒いタイトスカートを身につけておりました。他の人が見たとしたら、問題になる不良女として、見られたのです。

私達は、彼女のおごりで、熱い紅茶を差し向かいでゆっくりと飲みました。

唯、ただ、私は百合子さんを見るのが、恥ずかしく、ほのかに揺れているキャンドルライトを見ながら、飲むしかなかったのでした。

百合子さんは、とても映画好きだったのでした。

「私、昔の映画では、ソフィアローレンとマルチェロマストロヤンニ主演の『ひまわり』が好きなのよ、広大なウクライナの向日葵の咲き誇る、その中を歩いていく姿に、心がいつも、躍るような感動を覚えるのよ。それと、アメリカの南北戦争の最中、ビビアンリーと、クラークゲーブルが、とても旨く演じた、大作の『風と共に去りぬ』が好きなのよ」と言いました。私も実は、以前に両親に連れられて、「テアトルエコー」という洋画専門の映画館でじっくりと観た記憶がありました。

その時には、意味は判りませんでしたが、とてもスケールの大きな映画だったと思い出しておりました。

周囲には、昼下がりのティータイムを楽しんでおります、初老の夫婦の方や、若いカップルが、心穏やかに、お茶を楽しんでいたのです。相変らず、テーブルの上のキャンドルライトがほのかにオレンジ色の色彩を放っておりました。

百合子さんは、「良夫さん、他にどんな映画が好きなの」とささやきました。

私は、思い出しておりました。

「そうですね、日活の青春スター達が出ます、『寒い朝』や『光る海』も好きですし、アクションスターの出ます、『銀座旋風児』のような映画が好きです」と俯きながら呟きました。

「あら、私も好きな映画ですわ、若さに充ちあふれた、青春まっただ中の、とても素敵な映画でしたね」と、魅力的な頬笑みを私に向けてくれたのでした。

そして百合子さんは、熱いミルクティーをごくりと飲み干しました。

しばらく雑談をしております内に、黄昏時ともなりました。

私達は、再会する事を誓い合って、もう帰る事としました。

百合子さんは、私の手を、そっと握りまして、「良夫さん、又、お会いしましょうね」と、優しさに充ちたハスキーな声で言いました。温かい手の感触が、手のひらに心地良く残っていたのでした。

そうして、二人は左右に、潔く別れたのでした。

百合子さんは、まるで鳥のごとく、その可憐な黒いタイトスカートを翻して、先に店内より、去って行ったのでした。

私の心の底に、彼女への淡い恋心が、いつまでも残り続けているばかりだったのでした。その日は中々、寝つく事が出来ませんでした。やはり私にとっては初恋の一種だったのかも知れません。

次の日、私は早めに起きて朝食をとりますと、少し重いカバンを持って、中学へと、登校をしたのです。

爽やかなる、遥か遠くより潮風が私の全身を、そっと包み込んでくれた朝だったのでした。

幾日かすると、私は再び村上百合子さんと会う事になったのです。

彼女から家に電話があり、隣の町の音楽ホールで、小林幸子さんが公演に来ますから、一緒に行きましょうと言う話だったのです。

こんな田舎町でしたが、郷土出身の日本を代表する演歌歌手として有名だったのです。

確か新潟市の横七番町辺りの肉屋さんの娘として育ち、或る高名な作曲家に見いだされて、子供の時に、「ウソつき鴎」でデビューして、その後も、「雪椿」や、「とまり木」、「思いで酒」などの大ヒット曲を発表しておりました。

私には、人気歌手に生で会うという初めての体験をした事になります。

ホールに入ると、既に客席は満員で、町の人達でうまっておりました。

中学生として、初めて、体験をする事となったのです。勿論、家人にも内緒でした。

私達は、丁度中程の席に座わりました。

今日の百合子さんは、目にも鮮やかな、深紅のドレスを身に付けておりました。

何だか、アメリカのアカデミー賞の会場に来ているような雰囲気だったのでした。

「良夫さん、二人で十分にショーをたのしみましょうね」と眼をサファイアのごとくにキラキラとさせて、白き愉悦に充ちた指で、私の手を握ってくれたのでした。

私の心の中は説明し難い、こおどりしたくなるような気持ちでいっぱいになっておりました。やがて開幕のベルが高らかに、ホール全体に鳴り響き、ステージの青い幕がするすると上って行きました。

四方八方より、ミラーボールというか、イルミネーションが、舞台を照らし始めました。

観客たちが、一勢に拍手をして、小林幸子さんが登場して来たのを、心より、歓迎をしたのでした。

輝き渡るスポットライトの中に、彼女が、にこやかに頬笑み、とても派手な黄色いドレスで登場して来たのでした。

「皆様、よくいらっしゃいました。今日は存分に私の歌を楽しんで行って下さいね」と、頬を紅色に染めて言いました。

その、何ともいえない、華麗な姿に、唯、ただ、心の中が妙に沸き立つような状態になりました。そして、次々と自分のヒット曲や、別の演歌歌手の曲を歌い出したのでした。

例えば戦後最大の女性歌手であります、美空ひばりさんの「悲しい酒」や、初期の曲である、「東京キッド」などを見事に歌い上げたのでした。

その何とも言えない見事な衣装と、旨さに、ひたすら聞きほれているばかりでした。

村上百合子さんは、そっと私の手を白き指にて、握り続けておりました。

私はなすすべもなく、彼女の行為に、身をまかせている他はなかったのでした。

「良夫ちゃん、貴方、本を読むのもいいけれど、たまには羽目をはずして、自分の思うがままに生きていいのよ。その方が楽だから」と、まるで姉が弟をさとすように、言ってくれたのでした。

その内に、彼女が本当の私の優しい姉さんのごとくに思えて来たのでした。

そして深紅のドレスの下より、すらりとした、逞しくも可憐とも言う他はない、脚が私の脚にそっと触れてきました。

その感覚は今までに感じた事のない、快楽と言ってよい想いだけでした。

ステージでは相変わらず、次々とヒット曲がホール全体に所狭しと広がって行きました。

観客の皆さんは、限りなく懸命に、喝采をしておりました。

何だか喉がからからになって来ました。

その事を彼女に言いますと、すぐさま立ち上がり、ホールの奥にあります、売店よ

り、良く冷えた、ラムネを二本買って来て、

「さあ、一緒に飲みましょうね」と、心が弾むような声で言い、互いに客席にて、ごくごくと飲み干すのでした。

体も心も、すっきりとして来て、とても嬉しく思えてきてどうしようもありませんでした。舞台では相変わらず、華やかなショーが続いておりました。

私はふっと思ったのです。

人生とは、一つの演歌の世界に通じるものではないかと。日々の暮らしが、色んな世間のしがらみの中で互いにいたわり合って、穏やかに生活して、又、言いたい事は、正直に言い、まっとうに正直に生きる事ではないかなどと、思ったのでした。

唯、中学生の私には、未だ、未だ本当の所は理解は出来ませんでしたが。

二時間余りの、ショーは無事に終了をしました。村上百合子さんは、にっこりと頬笑んで、そっと、又私の手を握ってくれたのでした。ほのぼのとした手の平の温かさが心持好く感じられました。

時刻は、午後四時半をとうに過ぎています。「又、機会があったら、一緒にきましょうね」と爽やかな弾むような声で言いました。私達は、もう、互いの家へ帰る事にし

たのです。別れ際、百合子さんは、深紅のドレスをゆっくりと翻しながら、ふくよかな肢体を、そっと少しばかり私の体に触れながら、音楽ホールから出て行ったのでした。

取り残された、私の心の奥底には、年上の少し不良がかった美少女への憧れが、いつまでも残り続けていたのでした。

帰り道、百合子さんへの説明し難い、思いがつのっているばかりでした。

そして、又、幾日か過ぎて行きました。

中学へ登校をして、自分の席に座り、国語の授業を受けましたが、何だか落ち着かない気分になっているばかりだったのです。

それは、やはり百合子さんの事がしきりに頭より去らなかった、せいでありましょう。

それから一週間が瞬く間に過ぎました。

村上百合子さんは、午後三時半頃に、家のインターホンを軽く鳴らして入ってまいりました。そう、黄色いワンピースで、ふくよかな肢体を包み込んで。

「良夫ちゃん、海へ又、行ってみましょうよ」と、頬笑みながら言ったのでした。私は一も二もなく、その誘いに導かれて、白き柔らかな手を握られて出掛けたのでした。彼女は、黄色い四輪駆動の軽乗用車に乗って来たのでした。

私は、前席でシートベルトをし、ひたすらエメラルド色に染まる、海への短い旅へと、出掛けました。

約三十分程、軽くバウンドしながら、走りますと、海岸へと到着したのでした。

百合子さんのワンピースが少し乱れて、ふっくらとした、長い脚が見えていました。見つめる事が恥ずかしく、ひたすら俯いているばかりだったのです。

未だ昼間の焼け付くような、砂のザラザラとした、感触が残っていたのでした。

私達は車から、ゆっくりと降りました。

「良夫ちゃん、お姉さんと、この先にある、停泊している漁船まで、一緒に駆けっこをしましょうよ」と、魅惑的なハスキーな声で、私の耳元にそっとささやいたのでした。

漁船は、出航前で、砂浜に未だ置かれていたのです。その他、白い大型のヨットも、夕方からのクルージングをする為に、海に浮かんでいたのでした。

私達は、一目散に、漁船に向かって走り出していたのです。

彼女の黄色いワンピースから、小さな黒い布切れのような下着が、ちらりと見えておりました。私の心の中には、胸騒ぎの、何とも説明し難い、感情が、ふつふつと湧いてきてどうしようもありませんでした。

十分程しますと、その漁船の横に、二人で倒れ込んでしまっていたのでした。

百合子さんは、誰にも判らぬように、ふっくらとした、南の島の甘き果実のような、両の胸と、すらりとした白い脚を、私の全身にぴったりと押し付けてきたのです。

私は、もうなすすべもなく、彼女に柔らかく抱きしめられている他はありませんでした。ほんのり、温かい体温が、全身に感じられたのでした。

「良夫ちゃん、もしかしてお姉ちゃんの事、好きなのかな」と言ったのです。

私は、率直に、「はい、そうです」と答えてしまったのでした。

心の中には、百合子さんが何事にも恐れる事もなく天空に向かって咲き誇る、向日葵のごとくに思われてきたのでした。

私は、どうしようもなく、抱きすくめられている他はありませんでした。

遥か海岸の果てには、白い灯台が、海の安全の為に、オレンジ色の色彩を放っているばかりだったのでした。

私はひたすら、そのままの状態で、彼女に抱きすくめられているだけだったのです。私達は、しばらく、大漁旗を、かかげております、漁船の下でじっとしておりました。

やがて百合子さんは、そっと私を起こしますと、「さあ、もう大分遅くなってしまったからかえりましょうね」と言いました。

体に、ざらざらとした、砂が付いていたのを、彼女は、白き手で丁寧に払ってくれたのでした。

そして、私達はゆっくりと立ち上がり、互いの家へと帰る事にしたのでした。

別れ際に、百合子さんは、

「じゃあ、又、会いましょう」と低くつぶやいて、そっと私の頬にふくよかな桜色の唇で、接吻をしてくれました。

甘き残り香が、私の心の中にさざ波のごとく広がって行ったのでした。

百合子さんの、慕わしき心根が感じられて、うっとりとした感覚になっているばかりだったのでした。

その日は夕闇が迫る中を、唯一人、とぼとぼと、砂を踏みしめながら帰りました。

それから一週間程して、村上百合子さんから電話が入りました。

何でも明日の夕方、この町の田舎の駅より、東京へ帰るとの事だったのでした。

心の中に、彼女への思慕の限りなき想いが充分に感じられて来て、何となく落ち着きませんでした。

翌日、早めに夕食を食べますと、家人には、黙って、そっと家を出て、二十分程歩いて、無人駅へと向かったのでした。錆の浮き出た、古い、古い無人駅は、夏草に包まれて、ぽつりと立っていたのでした。

百合子さんは、やはり鮮やかな黄色いワンピースを着て、手には大きなボストンバックを一つ持って立っていたのでした。

プラットホームの上からは、白々とした、青きライトが、輝き渡っていたのです。

私を見つけると、

「あら、良夫さん、有難う、見送りに来てくれたのね」と謎のような、魅了されてしまう言葉で迎えてくれたのでした。

そう、青い改札口があり、ふと見上げますと、白い掲示板には、時刻表が書いてありまして、この街の中央駅まで、途中乗り換えをしまして、東京の上野駅までの表示が書かれていたのでした。

当時は、東京の最終駅は、上野だったのでした。別の列車に、一度乗り替えて東京駅へと行くわけでした。

時代は随分昔の話で、金の玉子ともてはやされていた、若き若者達が集団就職をする為に、約八時間程して、ようやく東京駅に着くという、古き良き時代だったのでした。

そう、蒸気機関車だったわけでした。

私の親しき、親友の方々も、それに乗って一路、上野駅へと向かっておりました。

山下君や、石本君、それに、未だ、初々しい女学生の、富田さんや、明子さん達だったのです。若さ、あふれる青春時代と言っていいでしょう。

村上百合子さんの見送り人は誰一人おりませんでした。

ふと、駅の外を見ますと、近くの公園には向日葵や、紫陽花が、一勢に咲き誇っており、かぐわしい花の香りが漂っていたのです。

夜目にも、鮮やかに、駅の鉄塔からの、サーチライトに照り輝いて見えておりました。

未だ、電車がやって来ますのに十五分程、ありました。

村上百合子さんは、別離のつらさに、うなだれております私に、

「良夫さん、元気でね、貴方はこれからの人生、まっとうに正直に、生きていって下さいね。お姉ちゃんも、東京へ行ったならば、妙な仕事をもう止めて、美容師になる為の学校に行って資格を取り、真面目に生きて行こうと思っているのよ」と、しんみりとした口調で言いました。

そして、プラットホームの中央にあります、自動販売機より、冷たいオレンジジュースを二本買って来たのでした。

「良夫さん、お別れするけれど、お互いに元気で、楽しく生きて行く為のささやかな、思い出の為に乾杯をしましょうよ」と言ってくれました。

私達は電車が到着するまでの短い時間でしたが、オレンジジュースの函のふたを開けて、乾杯をしました。

そう、互いのこれから未来に向かって、まっとうに正直に、元気で生きて行こうと。

喉に、ごくごくと、とても心持好く染み通って行きました。

そして、二人で、未来の幸せの日々が訪れる事を祈って、合唱をしておりました。

百合子さんの柔らかい白き手で握られながら。

歌は「いつでも夢を」でした。

「星よりひそかにー、雨よりやさしくー、あの娘はいつもー、歌っているー、声がきこえるー、淋しい胸にー、涙にー濡れーたー、この胸にー、言っているいるー、お待ちなさいなー、いつでも夢をー、いつでも夢をー、星よりひそかにー、雨よりやさしくー、あの娘はー、いつもー、歌っているー…」と。

そして、白々としましたプラットホームにゆっくりと電車が到着したのです。

「じゃあ、良夫さん、元気でね、お姉ちゃん、東京で頑張るから、良夫さんも頑張って、又、会う日まで御元気でね」と。

彼女は、再び、私の手を取りまして、軽く握ってくれました。

心の中には、ほのぼのとした、温かさが、ごく自然に伝わってきました。

軽くスキップすると、百合子さんはデッキに飛び乗り、左手で、まるで敬礼するがごとく手を振り、去って行ったのでした。

私は、唯ただ、別離の悲しさで、彼女と一緒に過ごした、淡い青春の思い出が残り続けているばかりだったのでした。

私はいつの間にか、プラットホームを走り続けて、にこやかに微笑んでいる百合子さんに向かって、力一杯、手を振り続けていたのでした。

私は、住吉神社の石段の所に立っておりました。帰郷しての事です。するとと、村上百合子さんが、黄色いワンピースを爽やかな潮風に、翻して、黒いサングラスを頭に乗せて立っているような気がしてきて、仕方がありませんでした。懐かしい、再び帰る事のない、淡い青春の思い出だったのです。

凧のある家

A君の家は場末の細長い、長屋の一隅にあった。A君と私は、何故か気が合って互いの家を訪問する事もあった。

彼の家の玄関の戸を開けると、右手のあがりに、おびただしい武者絵や鳥の形をした凧が積み重ねられ、左手には骨組みだけの凧の群れがあった。

これはA君のお母さんが、内職で作り上げられたものだった。

暗い、一日中、陽もささない玄関先で、何故か一気に花が咲いたような気がした。

A君のお母さんは昼間は、近くにある、大きな市場の一隅でアジの開きや海老、野菜のてんぷらを揚げながら生計を立てていた。

不足分は、夜なべで凧作りに精を出していた。凧の骨組みに手際よくのり付けし、武者人形などを張り付けて行く。

干支にちなんで、おどけた寅の絵もあった。

夫は戦争で亡くしていた。

小太りで愛想の良い笑顔を絶やさない気さくなお母さんだった。

私がたまに学校を終えてから、A君と連れだって、彼の家に遊びに行くと、たまま市場が休みの時など、井戸水から、よく冷えた西瓜をニコニコしながら出してくれた。

冷たくて歯にしみたが、とてもおいしかった。当時の私は、幼い頃に両親を亡くしていた。私はせめて母親だけでも生きていてくれたらなあと思う事もあった。

つらい時、柔らかく、優しく抱いてくれるような母が欲しかった。

私の家庭は兄と姉、そしておばあちゃんがいた。私はおばあちゃん子として育てられた。

家業は小さな本屋だった。

世間からは、おとなしく、無口な子どもと思われているようだった。

A君の家と私の家は近くにあったので、ごく自然に小学校、中学校と一緒に登校していた。私が決まって朝になるとA君の家に行くニコニコしたお母さんが「ちょっと待ってね」と笑顔を絶やさなかった。

A君が、内心うらやましかった。

お母さんを見る度、何故か恥かしいような気持ちになる。

私は家でぼんやりと机に向かっている時、ふんわりとした彼女の微笑が浮かんでくる。

私は中学を卒業すると、市内の高校に入った。A君は大阪にあるM電気社内教育用の高校に入った。

後日、A君は高校卒業資格を取れると思っていたのに、となげいていた。

時折の手紙には、彼は毎朝、国旗に向かって皆と整列し、頭を下げ、それから社歌をぎょうぎょうしく歌う事が義務づけられていた。

又、駅前に立って、がんばるぞ、会社の為にがんばるぞと絶叫させられた事などが書かれてある。

A君は彼なりに、家計を助ける為、M電気に入った事は確かな事実だと思った。

私は平凡な高校生活を送り、恋などはさっぱり縁がなかった。

私は時たま、おばあちゃんに、今夜は天ぷらが食べたいと言いつのり、安くておいしい天ぷら屋を知っているからと小銭をもらって出掛けていく。

そして、A君のお母さんの働いている市場へ行き、二言、三言、下を向いたまま話をする。

相変わらず、ニコニコと商売に励んでいる様子で「Bちゃんは息子の大事な友達だから、今日は特別にサービスするわ」と揚げたての海老を手際良く紙にくるんでくれた。

私は小さく、有難うと言い、逃げるように市場を出た。顔がほてってってきた。

高校を卒業すると、私は市内の商事会社に入り、あちらこちらと転勤を繰り返した。

その間に結婚もし、二人の子供も持った。

A君とは次第に疎遠となり、年賀状をやり取りする位になっていった。

久しぶりに所用があって、故郷に帰る事になり、N駅に降り立った。

なつかしい我が家に向う為、バスに乗った。

吊革につかまりながら、ふっと外の景色に見とれていると、A君のお母さんが歩道を歩いている事に気付いた。

ひっつめ髪はさすがに白くなっていた。

相変らず、ふっくらとした体付きで、背筋を伸ばして、りんとした姿は以前と変わりなかった。

お母さんは見る見る間に視界から遠ざかっていった。

なつかしさで胸が一杯になった。

お母さんは相変らず、凧を作り続けているのだろうか。お母さんの凧は天空に向って全部が風をはらんでいるのだろうか。

私達も互いに凧のように舞い上り、糸が切れて失速していった連中もいるだろう。宙に上がり続ける事もなく、それでも大空に舞もうと、努力している連中もいるだろう。

ふいに私はバスの中で、「凧、凧上がれ、天まで上がれ」とつぶやき続けていた。

妹・幸恵

人は思い出だけで生きて行ける。定年まで一人身を通し、六十八才を過ぎても同じだ。

これからもそうだ。人は笑うかも知れないが。けれども私自身が深く信じてきた事なのだから。他人にとやかく言わせない。

私の名前は石田敏夫。たった一人の妹は、幸恵。私は石膏で固められたベッドで二年前、寝たきりになっていた。当時七才だったのです。二年前、首の後ろ側が耐え難く痛みました。おばあちゃんがこの街、仙台の大学病院へ連れて行ってくれ、青年医師が診断し、非髄カリエスと断定した。ストレップトマイシンなどの薬を処方し、家で寝ている他はなかった。現在は手術で直るのだが、当時は唯、じっと寝ているのが一番良いという。

鴨居の所に掛けられている三つの白黒の写真。右側に父の眼鏡を掛けて背広にネクタイ姿の写真。子供心にも美男子で生真面目な表情をしている。真ん中に母の和服写真。そう、今から思えば竹久夢二の描くような、どこか寂しそうな澄んだ大きな目をして微笑んでいた。左端に国民服を着た、いかめしい顔のおじいちゃんがいる。鴨居の所に掛けられている三つの白黒の写真の入った額を救いを求めるように見つめる。

私は父と母の写真を見て、ほっと心が安らんだ。

そっと襖が開けられると、おばあちゃんが着古した和服姿で入って来た。お盆を持ち、温かい粥とカリエスに良いという柔らかく煮たコンブと白身の魚の煮付けた昼食を枕元に運んで来た。私は銀色に輝く匙で一口、一口とゆっくりと食べる。襖の向こうから叔父さんの声が、かすかにした。家はおじいちゃんの代から本屋を営んでおり、今は父母の代わりに叔父さんが経営を受け持っていたのです。私の住んでいる所は日本海側の雪の沢山降る北陸の一地方都市だった。近くの神社の春祭りも、もうすぐで、永い雪国の暮らしから開放されて人々の顔も自然とほころんでいるはずだ。しかし夜ともなると、家の前の通りは昼間とうって変わり、静まり返り、青白い月の光が隅々まで広がり始め、早朝の荷馬車の到来まで眠りに入って行く。下町を挟むようにして柳並木の続く二つの運河があり、静かなせせらぎがまるで若い女性の長い髪のように垂れ下がった青々とした柳の葉先の下を何時も流れていた。それに連れて、りんりんと軽やかな鈴の音が限りなく遠くから密やかに響いてくる。ぬくぬくとしたギブスベッドの中で、ああ、又、いつものようにお馬さんがやって来たのだとぼんやり想う。

荷馬車には元気な頃、見たように朝露にしっとりと濡れた白菜、人参、小松菜、大根などの野菜類が満載されているだろう。

近くの神社横で市が立つのだ。父は交通事故で亡くなった。ほとんど記憶がない。母との記憶と言えば、未だ病気になる前、寝床の中でうつらうつらしていると小さな虫の羽音のような、はたはたと風に小旗が細かく震えているような規則正しい響きが耳に届き始める。その音が段々と近づいてくる。

ああ、お母さんが又、障子戸に軽やかにハタキを掛けているのだなと夢見心地に感じたが、後五分、後三分と眠りに誘われる。

隣には妹の幸恵がすやすやと眠り込んでいた。お母さんが手荒く襖を開けて入ってきた。「敏夫、幸恵、いつまで寝ているの、もう起きなさい」と少し尖った声で言った。

でも、布団の中で温かさには勝てずにいると、私の布団を剥ぎ取った。

私を立たせて寝巻きを脱がせた。裸の体を柔らかく抱きしめた。ほんのりとお母さんの柔らかい髪から新鮮な果実のような甘い香りがして、色の良い頬に触れました。

そしてうりざね顔のおでこが私のおでことしっかりと合わされた。うっすらと紅を引いたふくよかな唇が私の細い首筋に押し付けられて、じっとしている事もあった。

私はそんな時、急に意識がはっきりとして来て恥かしい程、嬉しいと感じ、いつまでもいつまでも抱きすくめられていたいと思った。幸恵も同じようにして寝巻きを脱がされ抱きしめてくれるのでした。

そしてちゃぶ台の上に出された、当時としては珍しいオムレツを、そして温かい味噌汁とをゆっくりと食べるのです。

遠くより、市の中央にある神社の祭囃子の響きがかすかに聞こえて来ました。

だが、本当に残念な事に、母は父を失ってから、女の細腕で店の経営を一生懸命にやりすぎたのか、胃の病いで大学病院に入院したところ、胃潰瘍が悪化しており、手術自体は成功したのですが、予後の状態が良くなく、夏の盛りの頃、あの世へと旅立ってしまいました。

私がどちらかと言うと、すぐに何かあるとめそめそとしているのに、妹は私と違って性格はとても明るいのだ。まるで爽やかな春風のように身全体から発散しているのが、妙に不思議だったのです。実際、両親との想い出はさっぱりなかったのですが。

やがて病も順調に回復し、立って歩けるようになった。寝ている時は、おばあちゃんであれ、叔父さんであれ、巨人のように背が高いと感じていたのに、意外に小さく思えた。

四月になり、小学校に二年遅れで入学した。首に白いコルセットを巻いておりました。

家から歩いて十五分程離れた所に木造の校舎は立っていた。初めの三日間はおばあちゃんが付き添ってくれて登校した。

外の世界は驚きの連続だった。まず人が絶えまなく多く行き交っているのに立ちすくむ思いだったし、けたたましく警笛を鳴らす車に眼が回りそうだった。学校に行くと信じられない程、大人のような上級生など大勢の子供達がうごめいていたし、三日目まではおばあちゃんをてこずらせて行きたくないと泣いたが、四日目からは、しぶしぶ半べそをかきながら、一人で登校した。段々と小学校生活に慣れるようになり、近所の下駄屋の健ちゃんや豆腐やの良伸ちゃんと親しくなって、良く近くの公園で遊んだ。四年生になってからも特別扱いされ、今日は体が難儀だから早引けさせてくれと、いかにも切なげに先生に言うと、簡単に許してくれるのでした。

家に帰ると店の棚にある漫画本や、昆虫、飛行機や船の図鑑などを食い入るように見つめる。早引けした理由をおばあちゃんに聞かれると、頭とお腹が急に痛くなってと、でたらめを言う。不審の色を浮かべて嘘を言っているのだと分かると、よく便所の隣の薄暗いカビのはびこっているような土間に押し込め、泣きじゃっているのにもかまわず鍵を掛け、「御免なさい、許して下さい」と声をからしても開けてくれなかったのです。

そんな時、妹が隙を見て鍵を見つけ出し助けてくれるのでした。泣き疲れて声も掠れがちになっている私をすっぽりと抱いてくれ、「もう泣くんじゃありません。男の子でしょ、しっかりして」と、まるで母のように姉のように言ってくれるのでした。

そうされるとすーと心が冷静になりました。何故か妹には素直に甘えられたのです。

私達は近所のおばさん達に良くまるでお雛様同士ね、男雛と女雛様と言われました。

小学校を卒業し、中学に入りました。

白山公園の近くです。もうコルセットは外していた。またたく間に三年生になっており、幸恵は中学一年生になっておりました。

妹は日に日に身体全体が丸みを帯び、以前にも増して愛らしくなっておりました。その成長振りは、とても眩しく感じられました。その頃からおばあちゃんの考えだろうか、妹は私の隣の部屋に寝起きするようになったのです。夏の蒸し暑い時、真夜中に寝汗をかき、おしっこに行く事がよくあった。

帰りに或る秘密の楽しみに熱中するようになってしまいました。それは既に寝ている妹の寝姿を、そっと襖を開けて盗み見ることだ。青白い柔らかい絹のような月明りに、妹は寝間着をはだけ股が薄いネルの掛け布団から出て、白い美しい陶磁器のように映えて見えた。見てはならぬものを見てしまった自責の念にかられたが、この悪癖は毎夜続いた。

時には妹は右胸をまるで見せつけるように露出していて、初々しい熟れた桃のようにふっくらとした感じを与えた。言い様もない罪悪感とも感動ともつかないものを強く感じ、胸をときめかせながらそっと襖を閉めるのだった。朝、寝不足のまま、起きると無邪気な幸恵の顔を見るのがとても気恥しく、朝食の時など差し向かいになると、どうしても俯いてしまう。今日の朝食は温かい粥とワカメの沢山入った味噌汁です。

銀の匙で、ゆっくり口に運んでいきました。とても旨く感じられた。

季節は巡り、高校三年生になり大学に行きたくなった。本当は就職しなければならないのだが、一遍、東京へ出てみたかったのだ。その頃、おばあちゃんは足が不自由で家の中をそれでも杖をついて、よろよろと歩いている。母代わりに私と妹を懸命に育ててくれたのだ。感謝しきれるものではなかった。

けなげにも妹が代わりに慣れない手つきで飯を炊き、味噌汁を作ってくれたのです。

私は何とか魚を焼いた。店の経営をしてくれていた叔父さんもすっかり歳を取り、「俺も、もう潮時だな、そろそろ辞め時かもしれない」と呟くようになった。

郊外に大型書店が東京から進出し、売上は、がた落ちで、家業も閉店寸前だった。妹に相談すると、

「お兄ちゃん、大学へ行ってもいいわよ。そして又、この街に必ず帰って来てね。後は私にまかせておいてね」明るい顔をして勧めてくれた。でもすぐに哀しいような顔をした。

そして東京の私立大学の文学部二部に入学する事になった。家の窮状を悟ったのか、妹は高校を一年で退学して近郊の機械メーカーに就職して定時制高校に通う事になったのです。四月になり、N市の特徴である二本の街中を流れる運河の両岸に、青々とした煙ったような柳並木が一日、一日と芽吹き新鮮な緑色を増している頃、東京へと出発した。早朝の駅のホームで妹だけが見送ってくれました。「これ、電車の中で食べてね、お兄ちゃんの大好きな大福餅よ、私、これでも奮発したんだから。東京ではしっかり生活してね、特に女の人には注意するのよ」

妹は努めて明るい声で言ったが、私を哀しみのこもった目で見つめ、次第に瞳をうるませ始めました。まるで恋人と別れるようにだ。私も同じだったのです。ベルが鳴り、「とき八号」が静かに動き出した。デッキの窓ガラスに顔をつけ、妹を見ました。

彼女は顔が歪んで見えていた。ちぎれるように手を振り、電車と並んで走り出していた。私は唯、ひたすら手を振り続けるばかりでした。すぐに小さくなり、視界から消えて行った。深い喪失感が感じられました。車内は九分程の入りで、席はすぐに確保出来、貰った大福餅の包みを開き、ほうばったのです。

甘くって切ないアジが充分にしました。流れ行く景色は街中を通り過ぎて田園に、畑に、林となった。遠い所へたった一人で旅立って行く事が寂しかったが、妹は前夜、親身になってボストンバックに下着やら髭剃り、ハンカチなどを詰め込みながら、「東京に着いたら、すぐに手紙、ちょうだいね。楽しみにしているわ。きっと必ずよ」

念を押し、母のように言ってくれたのが遠い昔話のごとく耳の底に優しく響き、とても嬉しく思えました。東京はN市に比べて、とんでもない人の行き交う場所で、私は要するにおのぼりさんだったのです。

下北沢の駅から十分程、歩いた所にある、ギシギシと軋むアパートの二階の六号室に着き、一段落すると、あらかじめ決めていたアルバイト先のA新聞販売店に通い始めた。

朝四時に起床し、朝霧の中を目を擦りながら職場に向かう。既に五、六人の男達がトラックから放り投げられた包みを解き始めていた。その頃は自転車での配達だった。百部余りの新聞の束を前の買い物籠に入れ、残りは後ろの荷台にくくりつけペタルを漕ぐ。配達の時、右腕の真ん中辺りが少し疼いた。最初の三日間は先輩がついて場所を教えてくれました。

夕刊の配達は午後三時十五分頃から始まる。その他に月一回の集金業務があると店主から言われた。最初は中々覚えられなく、販売店に戻ってくると配り落とした個所はないかと心配する。「おい、大学に通うんだってな、俺も行きたかったけれども頭が良くなくってな。まあ頑張りなよ」五十がらみの疲れた顔の男が声を掛けてくれる。新聞配達は想像以上に大変で疲れました。身体がだらけた感じになり、やっとアパートに戻るとインスタントラーメンを作り、慌てて大学に通った。

一週間後、勤めにも通学にも少し慣れてきた頃、大事な忘れ物を見つけたように妹に手紙を書いたのです。「今、元気にしている。貰った大福餅、とても美味だったよ。お前がいないのが、つらいよ。たまに東京へおいで。東京タワーや神宮外苑に一緒に行ってみよう。未だ一度も行っていないんだ。幸恵と行きたいんだ…」すぐに返事が来て、

「お兄ちゃん、元気そうね。安心したわ。私もすぐに行きたい。どうしてか私、寂しくなって早く会いたいと不思議に強く思うの。馬鹿みたいね…。会える日を楽しみにしているわ。いつもお兄ちゃんの事を思っている幸恵より、バイバイ」丁寧な文字で綴られていた。妹からの手紙を待ち続ける日々でした。恋人からのように。春が瞬く間に過ぎ、暑い夏を我慢して過ごし、お盆には帰らなかった。勿論、妹には手紙で近況を知らせました。すぐに励ましの手紙が来たのです。

ようやく東京暮らしにも慣れて来て、休日になるとあちらこちら電車に乗って、上野の西洋美術館でモネやルノアールの油絵などを鑑賞した。妹が一緒ならば、どんなにか楽しいかろうに。やがて神宮外苑の銀杏並木も黄色くなり、急に吹き抜ける風も冷たくなったかと思うと、一斉に葉を散らし始め、スニーカーで踏みしめるとふかふかとした感触がした。季節は晩秋になりつつあり、配達の手がかじかんだ。そんな折り妹から東京へ遊びに行きたい、お兄ちゃんに会いたいという便りが来たのです。一日は日曜日、一日は有給休暇を取る事にしているので、おにいちゃんの仕事の都合に合わせたいという事だったのです。

私は一も二もなく、遠慮せずにおいでと返事をしました。特別に二日の休みを貰い、妹と打合せをして十一月の十五日に会う事になった。妹を迎える為、コートの衿を立てながら上野駅に向かった。当時の終点は上野駅だったのです。午前十一時二十六分に「とき八号」が六番ホームに速度を落としながら入って来た。出入り口が開き、大勢の乗客達が降り始めた。目を凝らし一心に見つめた。妹を見つけました。人込みの中から白いコートと赤い手袋姿で不安そうな表情で歩いて来たが、私を見つけると可憐な花が咲いたような顔をして、急ぎ足で私の方に向かって来ました。「おい、よく来てくれたね、一人で心細かっただろう」

妹は助け船に出会ったように大きな瞳で見返してくる。「お兄ちゃん、有難う。私、とても不安だったわ。東京へは中学の修学旅行で一度切り来ただけだったから」ほっとした表情で愛しい人に会ったように見つめてきました。少し咳をした。そして頬が細くなっていて、ほんのりと紅色に染まり白い息を一つしました。一段と大人っぽく奇麗になっていたのです。私達は体を寄せ合い、歩き上野駅を出たのです。「東京ってすごい人込みね、これじゃあ、お兄ちゃんが迎えに来なければ泣いてしまうかもしれない」とハスキーな声で言ったのでした。

私はとても嬉しく思う他ありませんでした。

しばらく歩きますと、御徒町の繁華街に来ていたのです。

そう、一軒のトンカツ屋へと。

その名も、洒落た、「ドレ味」という店だったのです。

丁度、お昼前で、お客様は、二、三人といった所で、閑散としておりました。

私達は、窓際の席に座りました。

折りからの、木漏れ日がちらっと射し込んでくるような日だったのでした。

ゆっくりと、揚げ立ての、しょうが焼き定食を食べました。とても旨く感じられて仕方がありませんでした。

妹はふうふうと息を吐きながら、食べていたのです。喉に、とても心持良く、染み通ってくるのでした。

「とても旨いわ、お兄ちゃん、有難う、さすが東京だわ。味が、懐かしい故郷と、全然違うわ」と呟いたのでした。

彼女は、ふくよかな、胸が、良く感じられる、白いセーターを着ておりました。

私も、とても美味に思えて仕方がありませんでした。

旨いのは妹も一緒だったのかも知れません。食事を済ませ、私が勘定を払い、外に出ました。それから上野公園を散策し、西洋美術館に入り、ドガやピカソの油絵を見たり、野外のカレーの市民などの彫刻を鑑賞したりしました。そうそう地震も起った時です。

山手線に乗り有楽町で降りて「ローマの休日」という名の喫茶店に入った。店内はモーツアルトの曲らしい音楽が静かに流れておりました。椅子もテーブルもマホガニーで出来ていた。私は紅茶を飲み、妹はコーヒーを飲んだ。目を輝かせて、「高いんでしょうね、この店。お昼は御馳走になったから、今度は私に払わせて、少しはおこずかいを持っているから」

私は正直、裕福ではなかったので、ほっとしたのです。

「おいしいわ、さすが、日本一の銀座ね。味が全然違うわ」こぼれるような笑顔を見せながら、一人前の事を言った。この妹との一時が永遠に続いてくれればなと思った。

少し咳をしていたのが、気になったが、

「疲れただろうから、早めにアパートに帰ろうか」「うん、そうするわ。でもお兄ちゃん、こんなに目まぐるしい所に良く住んでいられるわね。驚いちゃった」

妹はさすがにくたびれたようだった。下北沢のアパートに帰る事にした。新宿より私鉄に乗り、少しするとアパートに着いた。「アパートには簡単な台所位はあるでしょう、何か私が作ってあげるわ」と快活に言い、駅前のスーパーで野菜や卵と、牡蠣などを買った。私がお金を出そうとすると、「お兄ちゃん、いいのよ、私、貯金を降ろしてきたから心配しないで、夕食は牡蠣鍋ね、いいでしょう」

「有難いなあ、お前に作ってもらうなんて、次の時は、俺がお金を出すよ」

そして、彼女は、私を見て、にっこりした。六畳とシンプルな台所、バス、トイレが付いている他はベッドがあるだけの、いたって簡素な室内でした。まな板や包丁などの台所用品は一応揃っていたが、ほとんど使用していなかった。たった二日間、泊まっていく妹の為に、私は前日から部屋を整理し、塵を払っておいたが、「あら、台所が汚れているわ、私、掃除をしてあげる。何といっても男の部屋だものね」セーターの腕をまくり上げ、甲斐甲斐しくタワシで、タイル張りの台所を磨き上げ、奇麗にしてくれました。

包丁も、まな板も、良く洗ってくれたのです。

電気釜で飯を炊き、買ってきた食材で牡蠣鍋を作り、ちゃぶ台の上に揃えました。

私達はそれからふうふうと息を吐きながら、湯気の立っている鍋を食べ始めました。

妹の味付けの良さにはびっくりしたのです。部屋はガスストーブを付けていたので、鍋を食べるのと一緒になって、体は熱くなってくるばかりだ。妹の頬が桜色に染まってきた。何だか妙にうっとりとしてきて、美しい妹を持った事が無性に嬉しかったのです。

「定時制の方はどう、真面目に行っているのかい。家では今頃、心配してるだろうな」

「ええ、何とか通学しているわよ」食事が終わると後片付けをしてくれたのです。妹が来てくれたお蔭で部屋中が、明るく快適な気分に充たされたのです。十一時半過ぎとなり、寝る事にしました。私は布団が一つしかないので、妹に譲り、座布団と毛布を掛けて寝る事としました。「わあ、お兄ちゃんの匂いが一杯するわ、この匂い懐かしくって、どうしてか、とても好きだわ」そう言い、「悪いけれど、ちょっと向こうを向いてくれない」

私が素直に後ろ姿になるとスカートとセーターを脱いで、布団に入ったらしかった。

「もう、いいわよ」振り向くと肩まで布団に入り、「ああ、らくちん、らくちん」晴れ晴れと言ったのです。「昔、よくお兄ちゃんは病気をしていた時、面白い話を一杯してくれたわね」十二時半を過ぎても雑談をしていたが、妹は急に黙り込むと、「その格好では寒いでしょう、こっちに来て一緒に寝ない?」不思議な熱のこもった声を出したのです。私はそう言われると胸の中が疼いてくるのでした。彼女はなおも、「何もしないのよ、唯、互いに背中合わせになっているだけよ」「そうか、そっちに行ってもいいのかい」立ち上がっておずおずと布団に入ると、妹の丁度お尻の辺りが、私の尻にも触れ、急に全身が熱情に溢れてきてしまいました。眠れないまま、ぼうっとなっていたのです。一時半過ぎに妹が突然向き直り、「お兄ちゃんの背中ってとてもぽかぽかして気持ち良かったわ」彼女のふっくらした胸が柔らかく私の体にぴったりと合わされた。寝ているどころではなく、顔が火照って来てどうしようもなかった。妹の大胆さに驚き、下半身が燃えてくる。

「お兄ちゃんの体臭って甘い香りがして、とても好きよ、昔から私、恥ずかしいけれどセーターとかワイシャツをそっと着てみて、匂いがとにかく好きだったわ」陶然とした声で言った。私は自分でも思いがけない事を言ってしまったのです。「たった一度だ、一生に一度だけ、ただ抱きしめさせてくれ、お前をこの世で一番好きになってしまった」私は、そして思い切り抱きしめてしまったのです。

別段、嫌がる様子もなく、素直に、両手を私の背中に回して彼女の方から体を寄せてきた。眼を閉じたまま。私の下半身は出来るだけ触れないように、滑稽にも腰だけ離し続けておりました。時折、私の裸の胸に手を当てて、「とても温かいわ、そうね、こんな事は生涯一度限りね。私、好きよ、お兄ちゃんが」優しい口調で言った。彼女は全裸となっていたのです。「私の胸に触っていいわよ」自分から手を乳房に導いてくれたのです。

手の平には柔らかい弾力のある白い、ふっくらとした両の乳房がありました。

こんな事をしていいのかなと思いましたが、そのままにしている他はなかったのです。

「外に出してね、お願い」とささやき、体をもだえさせ、体を震わせた。私はもう耐えられなくなり、白い精液がほとばしり出て、畳の上に放出されたのです。私は妹を抱き続け、背中を撫でているばかりでした。二人は、唯、しばらく黙り込んで、抱き合い続けていたのです。私は今までに感じた事のない、快楽の余韻に酔ったような気分になっているばかりだったのです。しばらくすると胸を押さえて、布団の中に入った。これは罪深い事なのだと思いながら、自分の気持を偽る事は出来ませんでした。私は妹の愛しさに心がすっかり占領されているばかりでした。

やがて、すやすやと安らかな寝息を立てて、全てに、安心しきったように眠り込んだのです。私はそっと妹の布団から出ると、自分の寝床の中に入った。部屋にあるスタンドの豆電球がオレンジ色に淡く点っていたので、穏やかに寝ている妹のあどけない顔が、ぼんやりと夢幻の世界に漂っているばかりです。

しばらくして、いつの間にか眠りに引き込まれていった。夢うつつの気持ちの中に、やがて、とんとんという、台所からの何かを刻むような音が響いてきました。薄目を開けると、妹が白いセーター姿に青いエプロンをして立っていたのです。朝食の準備をしているのに違いはなかった。少しすると揺り動かされ、「もうおきてよ、おいしいオムレツが出来ているから。早くちゃぶ台に座って」

前夜の事なぞなかったように、健康的な微笑を私に与えてくれたのです。よろよろと起きると眼をこすりながら、トイレに行き、用を足し、顔を洗面所でごしごし洗った。

二人は熱々のオムレツ、飯、味噌汁を差し向かいで食べました。私は俯いてばかりしている状態だったのです。口の中にほろ苦くって、一方とても旨い味が感じられ、嬉しかったのです。その日は又、上野駅まで行き、博物館や動物園に行って過ごし、疲れたのでアパートに戻り、再び妹の作ってくれた野菜炒めとカレーライスを食べ、風呂に入ると何事もなく寝てしまいました。翌日、出前の寿司定食を食べ終わると、「私、十一時十六分発の『とき五号』で帰るわ、一人で大丈夫だから」「でも大人ぶるのも良いけれど、心配だよ、上野駅まで送らせてくれよ」

「そうね、お兄ちゃんと一緒の時間が長ければ長い程、嬉しいわ」私は駅に着き、プラットホームの売店で文明堂のカステラを買い、妹に持たせた。「又、おいでよ、いつでも待っているから」「有難う、お兄ちゃんも体に気を付けてね、じゃあ、私、『とき』に乗るわ」ホームには既にN市行きの列車が入っていたのです。

「さようなら、私の大好きなお兄ちゃん」

窓側に席を確保した妹が、ガラス越しに屈託のない頬笑みをたたえて、又、手を振った。発車のベルが鳴り、静かに「とき五号」は動き出しました。

私は精一杯、手をちぎれる程、振り続けながら、プラットホームの端まで走り出していた。見る間に列車は緩やかにカーブしながら、視界から消えて行きました。虚脱感と、だが甘やかな赤いバラの香りが立ちこめているのが不思議でした。妹はバラの化身となった。

その後の私は、少しは学生運動に関心を持ち、やはり世の中は平和で平等であるべきだと思ったり、新聞配達をしながら、要するにろくな生活をしていなかったのです。よく思い返してみると、妹は時折、口に手を当てて咳をしていのが気掛かりでした。

季節は変わり、春になりました。

その頃、頻繁に手紙のやり取りをしていた妹からの手紙が途絶えがちになった。胸騒ぎがし、叔父さんに電話した。受話器の奥から弱弱しい声で「妹が今、病気で入院している事、以前より咳や痰をしていたが、血まで吐くようになってしまった。本人は大丈夫、大丈夫と言っていたけれど、無理に大学病院へ連れて行った。X線検査をした所、肺に豆粒位の肺がんらしき物が見つかり、気管支鏡で調べたら、肺に明らかにがん細胞があるのが確認された。お前には知らせるなと福子は頼んだが、本当の事を言うと状態は良くないよ。急いで、肺の三分の二を切除して、今は化学療法や放射線治療をしている。腎臓にまで転移していたんだよ」私は膝ががくがくとしてしまった。いてもたってもいられなくなり、新聞販売店に電話して少し休ませて下さい、妹が大病しているので、どうしてもN市に帰りたいと高ぶった口調で言った。店主は心良く行ってこいと呟いたのです。手提げを一つ持つと「とき五号」に飛び乗った。息がはあはあとする。乗客達は穏やかに眠りこけたり、雑談したりしていた。駅に着くとタクシーを拾い、大学病院へ向かった。斜めに社帽を被った若い運転手が、「お客さん、アートブレイキーはお好きですか、私はね、これを聞かないと、どうも調子が出ないもので」

「いいよ、掛けてくれ」すぐさま弾んだ跳びはねるベースとドラム、サックスが響き始めた。叔父さんに教えられていた六階の五病棟に行き、ナースステイーションで前川福子という女性が入院しているはずですが何号室ですかと聞いた。夜勤明けらしく眠そうな目をした太った看護師は十五号室ですと、そっけなく言った。保険証を見せて、兄だと確認してもらいました。足の運びをもどかしく思いながら、いやに明るい廊下を歩いた。床は淡いクリーム色でぴかぴかに磨き立てられている。

十号室、十一号室と目を凝らした。

十五号室に辿り着いたのが永遠の時間のように思われた。ノックもしないでドアを開けると個室になっており、一段と歳老いた叔父さんがベッドの横に小さく座り込んでいた。

妹はその時、安らかに眠っておりました。

叔父さんが驚いたように振り向き、

「おお、お前か、よく来てくれた。今、痛み止めと睡眠剤の点滴をしている所だよ」

ぽつんと力もなく言った。妹は髪の毛が抜け落ちたらしく白い帽子を被っている。口には酸素マスクをしていた。

「幸恵はね、仕事がきつく残業ばかりの日々で定時制にもろくに行っていなかった。次第に激しい咳、血痰、それに胸の痛みに呼吸困難になってしまった。無理をしたんだよ」

私は、「幸恵」と、言い、食い入るように見つめ続けた。時々咳き込むのです。病院から簡易ベッドを借り、泊まり込む事にした。叔父さんは、「又、来るからね」おぼつかない足取りで帰って行きました。昼も夜も彼女の、か細い手を握り続けました。

すると、「お兄ちゃん、有難う、来てくれたのね。小学校の時、手をつないで朝食前に近くの柳の並木の青々とたなびいた堀に散歩で出掛けた事があったわね。そうしたら見知らぬマスクをして黒い帽子を被った大きな男が私に近づいて来て、手を握り近くの叢へ連れこもうとした時、お兄ちゃんはすぐに、その男に体当たりして私に覆い被さって守ってくれたわ。その時、まるで愛する人を守るようにしてくれたけれど、男はお兄ちゃんを蹴ったり殴ったりした。唯、じっとしていて額から、右腕から血だらけにされていたわ。近所の人が出て来て、その男を私達から引き離したら、早足で逃げていったわ。唯、私は震えてばかりいた.『幸恵、大丈夫か』と言ってくれた。

泣き虫のお兄ちゃんなのに。その時ね、決心したの、もし生まれ変わったら、お兄ちゃんのお嫁さんになるって。本当に心の底から思ったわ。でも、そんな事有り得ないわね」

そして、奇跡のように又、喋り始めました。「もし、良い女の人がいたら結婚して幸福になって、その方と長生きしてね、私の分まで」

「あんまり喋るなよ、身体にさわるから」

出来るだけ冷静に言った。

「嫌、もう少し喋らせて、私、酷くなったでしょう」「いや以前よりずっと、誰より奇麗だよ」「嘘、でも嬉しいわ。そんな事言われるなんて、お兄ちゃん、苦しい程、愛しているのよ」「俺もそうだよ、心の底から愛しているよ」

私は何度もうなづきながら、

「もう喋るなよ、つらくなるから」

「ちっとも幸福でなかったのに、幸恵なんて名前で…」

彼女は最後の力を振り絞るように、かすかな声で、

「お兄ちゃん、お願い、枕元の上の小物入れに口紅があるから、私の唇に塗って、少しは綺麗になってあの世に行きたいの」

「馬鹿なこと言うんじゃない、必ず湘南の海へ行く約束じゃないか」

私は口紅を捜し出し、紫色になっている、ふくよかな唇に丁寧に塗ってやりました。するると、以前の妹のように生き生きとして見えた。不思議な程、その唇に魅了されて、そっとその唇を重ねました。驚く程冷たくって柔らかかったのです。

「嬉しいわ、お兄ちゃん、二人だけの誓いの結婚式みたいね」

私の瞼から清らかな涙が滲み出た。

しばらくすると、一つ大きな息をし、秘めやかな微笑を浮かべながら、静かに目を閉じた。青白い心電図のモニターが小平になった。

もう医師も看護師も呼ばなかった。

二人だけの世界にしておきたかったからだ。来世は美しい夫婦になるのだ。

廊下を出ると、しーんとしていた。空がガラス越しに薄明の中に輝き始めた。天空をに昇りつつあった太陽が、眩しく私の眼を打った。

或る少女達

今から十九年前の淡い思い出です。

その頃は、東京中の大学でゲバ棒が林立していました。

私は別に積極的に学生運動をやったわけではありませんが、色んな事情で巻き込まれてしまい、大学自体に居られませんでした。

そして気がついたら、或る人形劇団に入って各地を巡行して歩く身になっていました。

当時はいわば、石もて追われるごとくの時代でした。

人形劇団とはいっても、いかにも怪しげな所があります。

私のように学校へ行かなくなった若者や、アルバイトで毎日を送っている失業者、俳優くずれの女の子が構成員です。主催者は普段はバーを経営し、春から夏にかけて人形劇団を組織して全国を回ります。

一人、一人を思い浮かべれば、みな個性のある人間でしたが、今はその事に触れない事にしましょう。

私の話は巡業先で知り合った一人の少女の事と、そして…。

夏の頃は九州は鹿児島の隼町という田舎町で合宿練習をしていました。

東京から人形劇団がきたという物珍しさからか、近所の子供達が大勢見に来ました。

一体に、この辺の子供達は未だ、純粋であり、眼が生き生きとしていて活発でした。

彼らと私達は次第に仲良しになり、一緒に相撲を取ったりトランプ遊びをしたりして、十年の知己のような間柄になりました。

子供達の中で律子ちゃんという中学一年生の少女が、私の心の中に今でも残っています。彼女は一際、眼が澄み、いつもはにかんだような表情を浮かべていて、同世代の少女にしては、随分と大人びていました。

或る時、私が近くの小川のほとりで釣りをしていました。

川は川口近くなのに、とても澄んでいて小魚が右往左往するのが手に取るように判ります。夢中になっている内に、いつしか夕立が激しく私を包み込み始めました。

何故か逃げる事も出来ずに、唯、途方にくれていたのですが。

実際、当時の私は色んな面で途方にくれていたのでした。

すると誰かが、赤い傘を、川辺に濡れながらすわり込んでいる私に、黙って差し掛けてくれたのです。

振り向くと、律子ちゃんが例の優しいはにかみを浮かべながら、可憐な花のように立っていました。

不思議な事ですが、一瞬、私は彼女が一人前の成熟した女性のように思えたのです。

私は声を掛ける事も出来ずに、唯、うつむいたまま、釣糸を垂れていました。

律子ちゃんは何もいわずに、私の後ろで傘を差し続けていました。

小川は雨に煙っており、流れが急に早くなったようです。

その時、私は恥ずかしながら、彼女の思いやりに年齢を越えて恋を感じたのだと思います。又、少し、捨て鉢になっていた私の心に、何かが触れて、しみたのかもしれません。

律子ちゃんにすれば、小川のほとりに濡れて困っている劇団の一人に、まったくの善意から自分の傘を差し掛けただけに過ぎなかったでしょうが。

しかし、その自然の行為がとてもうれしく感じたのです。

その後、約一ヶ月間、鹿児島公演は続きました。相変らず子供達とも馬乗りをしたり、野球をしたりして過しました。

勿論、律子ちゃんも時々遊びにきます。

期待を裏切るでしょうが、別に何事もなく、鹿児島公演を終えると東京に戻りました。

もう、律子ちゃんと会う事はないだろうと、ふと寂しくなったりしました。

しかし、東京にも律子ちゃんのような少女がいたのです。或る雨の日、世田谷区・成城の高級住宅地を歩いていた時、前方から七十才位のおばさんが、ほまつかむりしてリヤカーを引いてきました。

そう、クズ屋さんです。

リヤカーにはダンボールや得体の知れない布切れの束や、壊れた自転車などが山となって積まれています。

おばさんのぜいぜいという、苦しい息づかいが、すぐ耳元に聞えそうです。おまけに運悪く、道は坂道となり、おばさんのリヤカーは動きがまったく止まったようになりました。

おばさんの顔は歪み、汗がしたたり落ちます。私は一瞬迷いました。

これも一種の見栄なのですが、真面目に働くおばさんの手助けをする事に、妙に恥ずかしさを感じてしまったのです。

実に、なんて恥ずべき男なのでしょうか。

でも決心して、おばさんに近よろうとした時、近くの白い大きな豪邸といって良い建物から二人の少女が飛び出してきました。

そして雨に濡れながら、おばさんのリヤカーを押し始めたのです。

おばさんは、坂道を上り切ると、後押ししてくれた少女達に、地面に頭が触れんばかりに何度も、御辞儀をしました。

リヤカーがゆっくりと去っていった後も、少女達はたたずんでいます。

私は少女達とすれ違う時、こんな会話が耳に入ってきました。

「どうして、あんなにも年を取っているのに苦労をしなければならない人がいるのかしら」

「そうね、この日本にも大勢居るに違いないわ」

「矛盾よね、私達、一体どうすれば良いのかしら…」

私はその言葉を聞き、彼女達がずっとその気持ちでいて欲しいと願いました。

特に、お金持ちの家の娘さん達だからこそと思いました。

皆さんは甘いとお考えでしょうが、時と場所は違っていても、律子ちゃんのような少女はきっと、日本の、世界のあちこちにいるのでしょう。

そんな少女達はきっと将来、とても素敵な女性となって、見栄と体裁で生きている男共をリードしていく事になるのではないでしょうか。

港にて

私と、由理は、暮れなずむ港に来ておりました。遥か果ての岸壁には、オレンジ色の色彩を放つ茶色い灯台が航行の船の安全を祈ってポツンとありました。

季節は、はや十一月末ともなりまして空からは、限りなく牡丹雪が降り続いております。私達は、高校時代の美術部に属していました。彼女はスポーツも良く出来ます、とても可憐な美少女でした。

私はと言うと、内気な性格で、勉強もさっぱりでしたし、体力的にも、色んな面でごく平凡な一学生に過ぎませんでした。

彼女は、高校を出ますと、父親や兄弟の反対を押し切って上京をして行きました。

幼い頃、母親や又、親戚の人達をなくしたせいなのか人一倍、感受性が強く、弱い立場の人達や、捨て猫に対しても、とても思いやりがありました。

そう、よく捨て猫を拾ってきては自分の自宅で可愛がっておりました。

由理さんは、東京のと或る正看護師の資格を取って、今パレスチナで貧困に苦しんでいる方々を救いたい、少しでも力になりたいと言っていたのでした。

私は何も貴方が行く事はないのではありませんかと言いましたが。

しかし、彼女は大きな丸い瞳にうっすらと涙を浮かべて、

「私、どうしても我慢が出来ません、何でパレスチナの方々は苦しまなければならないのかしら」と言うばかりでした。

幾年かしまして由理さんは、見事に資格を取り出発をして行きました。

そして、無事に、日本海側の富山県の隣の県に戻って来たのでした。

私は、唯ああ良かったと思い、再会を喜びました。何の取り柄もなかった私と何故会ってくれたのですかと聞いてみました。

すると「貴方は人一倍、誠実で嘘などつけない方なので」と言うばかりでした。

私はああ、そうなのかと思う他はありませんでした。

そして私達は仲良く手をつないで港の端にあります、「スワン」という喫茶店に入

り熱い紅茶を飲みました。

大分遅くなりましたので帰る事にしたのです。「スワン」を出て少し歩きますと、倉庫の横にさし掛かりました。すると、一匹の白い小猫が、倒れていたのです。彼女はすぐに拾いあげました。その行為に、私はああ、以前と変らず、優しい心の持ち主だと、唯思うばかりだったのです。そしてこう思いました。

彼女を、これからは一生懸命に大事にして行こうと。私達は、小猫を見守りながら、しばらく歩きました。

彼女のバラ色の頬が、折りからの灯台の明かりでほんのり染まっていました。少しばかり、顎が細くなった分、大人っぽく、成熟した女性になっておりました。

それから、日本海の初冬の潮騒の爽やかな響きを、聞きながら、もう帰る事にしました。相変らず、牡丹雪が降りそそいでおります。私達は再会の約束をしまして、潔く左右に別れました。

手の中に由理さんの温かさがいつまでも残り続けておりました。

オレンジ色の色彩を放っております、灯台が、輝いているばかりでした。

俳句

久島勝司　句

若き友　夏の海にて　夢見顔

春浅き　越後平野は　まどろみて

越後じに　ほのかに積る　春の雪

遥か果て　風車が一つ　風を受け

朝寝して　ゆるりと新茶　すするかな

信濃川　ゆたりとくねり　水温む

ブロンズの　像に鮮やか　若葉風

蛍火に　照り輝くは　モネの絵か

白百合や　角田の里に　咲き乱れ

若者が　異国の地にて　ダリア見ゆ

立春と　言えども寒さ　身に染みて

我が心　春立つ中に　うつうつと

我が庭に　心に染みる　春の雪

角田山　紅梅香り　夕暮れて

路地裏に　今宵も二匹　猫の恋

園児らが　豆蒔きしてる　昼下り

阿賀野川　白魚踊り　爽やかに

弥彦山　芹の草むら　ありありと

信濃川　流れの先に　梅林

久島勝司　句

我が街に　太鼓響いて　春祭り

堀の街　太鼓響いて　夏祭り

淡雪が　信濃の里に　うっすらと

淡雪が　越後の里に　降り積り

若き友　朝寝するぞと　夢見顔

遥か果て　風車が風を　受けながら

朝露に　朝顔しっとり　濡れそぼつ

早起きし　新茶をゆるり　啜るかな

久島恭子　句

白秋の　風に吹かれて　雲が行く

風炉名残　来年も又　出会えたし

なつかしや　むかごご飯に　母を恋う

夜なべして　糸操る母の　背が恋し

稲架掛けの　遠い匂いの　なつかしき

秋園や　手入れもならず　風の吹く

遠い日の　菱取る翁　木の小船

菱をとる　翁がのりし　木の小舟

我が家の　色変えぬ松　二百年

色変えぬ　松や我が家で　二百年

桜植え　来年の花　みられるや

来年の　花をみたくて　桜植え

白萩や　大天井の　煤の色

白木蓮　大群の鳥　止まるごと

正客に　猫の座りて　秋日和

小春日や　話の尽きぬ　とも白髪

日の入りや　いなご飛びたつ　畔をゆく

冬の虹　あれの向うは　夢の国

保存樹も　守りきれずに　秋の風

保存樹が　老の身替り　秋の風

門かがり　松二本あり　雪がふる

伐採の　予定が哀し　新松子《しんちぢり》

蔵開き　母のいる頃　思い出し

枇杷の花　豊かな香り　年を越す

あとがき

久島勝司

私と家内とは、共にその人生を「人生の同行者」として歩んで参りました。私たち二人は、各地への楽しい旅行を共にしてきました。また、絵画教室へは、私は油絵、家内は日本画と、それぞれを趣味として、永い人生の旅を歩んできたのです。そのことは、自分達の生涯において、まったく悔いる事はありません。お互いの人生において、まったく後悔などなく満足しております。

私たちは共に助けあい、支え合い、「人生の同行者」として過ごしてきたのです。その事は、幸福な生涯であったということができると思います。人間として、一人の女性として、男性として、誇りに思うのです。

そして、私たちは花のような、そう、良寛さまのように、大らかな心で過ごしてきたのでした。

永い、永い旅のしめくくりとして、「人生の同行者」の著書のあとがきとさせていただきます。

北上　実（きたがみ　まこと）

本名　久島勝司
1943年10月生まれ

『私のおふみさん』で「新潟日報」短編文学賞受賞（1981年）
『チンドン』で松岡 譲文学賞受賞（第12回）
『妹・幸恵』で「文芸思潮」奨励賞受賞（2012年）
『青白い手』『トカ、トカ、トントン』で
「文芸思潮」エッセイ賞受賞（2013年）

人生の同行者 ― 家内の思い出
（短編小説・俳句集）

二〇二三年七月三十一日発行

著　者　北上　実
発行者　柳本　和貴
発行所　㈱考古堂書店
〒951-8063　新潟市中央区古町通　四－五六三
印刷所　㈱ウィザップ
〒950-0963　新潟市中央区南出来島　二－一－二五